THE QUEEN OF CRIME
繁體中文版
20週年
紀念珍藏

畸屋

著——阿嘉莎・克莉絲蒂

譯——張國禎

Crooked House

策畫者的話

通俗是一種功力

吳念真（導演、作家）

通俗是一種功力。絕對自覺的通俗更是一種絕對的功力。

這樣的話從我這種俗氣的人的嘴巴說出來，大概很多人要笑破褲底了。不過，笑完之後請容我稍稍申訴。這申訴說得或許會比較長一點，以及，通俗一點。

小時候身材很爛，各種遊戲競爭完全任人宰割，唯一隱遁逃避的方法是躲起來看書或聽大人瞎掰。那年頭窮鄉僻壤的小孩能看的書不多，小學二年級時最喜歡的是超大本的《文壇》，老師借的。看著看著，某天老師發現我的造句竟出現：「捧著：朝陽捧著一臉笑顏為群山剪綵」這樣亂七八糟的文字，就拒絕再讓我看那些超齡的東西了。

老師的書不給看，我開始抓大人的書看。一種是厚得跟磚塊一樣的日文書，對我來說那完全是天書，但插圖好看，經常有限制級的素描。另一種書是比較薄的，通常藏得很嚴密，只是裡面有太多專有名詞、重複的單字和毫無限制的標點，比如「啊啊啊」、「……！！！」

老讓我百思不解。有一天，充滿求知欲地詢問大人竟然換來一巴掌後，那種閱讀的機會和樂趣也隨著消失了。

所幸這些閱讀的失落感，很快從大人的龍門陣中重新得到養分。講到這裡，我似乎先得跟一個村中長輩游條春先生致敬，並願他在天之靈安息。

我所成長的礦區，幾乎全是為著黃金而從四面八方擁至的冒險型人物，每人幾乎都有一段異於常人的傳奇故事。這些故事當事人說來未必精采，但一透過游條春先生的嘴巴重現，有時連當事人都聽得忘我，甚至涕泗縱橫，彷彿聽的是別人的故事。

條春伯沒當過日本兵，可是他可以綜合一堆台籍日本兵的遭遇，一如連續劇般從入伍、受訓、逃亡荒島，面對同鄉同袍的死亡，並取下他們的骨骸寄望帶回故鄉，乃至骨骸過多搞不清哪是誰的等等，讓聽的人完全隨他的敘述或悲或笑，彷彿跟他一起打了一場太平洋戰爭。此外他也可以把新聞事件說得讓一個三、四年級的小孩，到現在仍記得當時腦中被觸動的畫面。例如當年瑠公圳分屍案的凶手做案之後帶著小孩到安東街吃麵（這讓我一直以為台北的安東街是條專門賣麵的街道），還有甘迺迪總統被暗殺、賈桂琳抱住她先生、安全人員跳上飛快的車子保護賈桂琳……當然，這記憶全來自條春伯的嘴巴而不是報紙。我的記憶全是畫面，有畫面，是因為條春伯說得精采，說得有如親臨他至死都還搞不清地理位置的達拉斯命案現場。

於是這小孩長大後無條件地相信：通俗是一種功力，絕對自覺的通俗更是一種絕對的功力。透過那樣自覺的通俗傳播，即使連大字都不識一個的人，都能得到和高階閱讀者一樣的感動、快樂、共鳴，和所謂的知識、文化自然順暢的接軌。也許就是因為這些活生生的例子，俗氣的自己始終相信：講理念容易講故事難，講人人皆懂、皆能入迷的故事更難，而能隨時把這樣的故事講個不停的人，絕對值得立碑立傳。

條春伯嚴格地說是有自覺的轉述者，至於創作者，我的心目中有兩個。一個是日本導演山田洋次，一個是推理小說家阿嘉莎．克莉絲蒂。

山田洋次創造了寅次郎這個集合所有男人優點跟缺點的角色，在以《男人真命苦》為名的系列下，總共完成百部左右的電影。它們的敘述風格、開頭、結尾的方法不變，唯一改變的是故事，是時代，是遍歷日本小鄉小鎮的場景。數十年來，看《男人真命苦》幾已成為日本人每年的一種儀式，一如新春的神社參拜。

數十年前訪問過山田導演，他說，當他發現電影已然有它被期待的性格時，電影已經不是導演自己的。他說：當所有人都感動於美人魚的歌聲時，你願意為了讓她擁有跟你一樣的腳，而讓她失去人間少有的嗓音嗎？

人間少有的嗓音與動人的歌聲，都來自山田導演絕對自覺的通俗創造。

再如阿嘉莎．克莉絲蒂，如果我們光拿出她說過的故事和聽過她故事的人口數字，就足以嚇死你。五十多年的寫作生涯，她總共寫出六十六本長篇推理小說，外加一百多篇短篇小說和劇本。其中有二十六本推理小說被改編，拍了四十多部電影和電視劇集。作品被翻譯成一百零三種文字的版本，銷量超過二十億本。

夠了。你還想知道什麼？知道二十億本的意義是什麼嗎？二十億本的意義是全世界平均三個人就有一個人讀過她的書，聽過她說的故事。

說來巧合，她和山田洋次一樣，創造出個性鮮明的固定主角（當然，前前後後她弄出來好幾個），然後由他（或是她）帶引我們走進一個犯罪現場，追尋真正的罪犯。

故事就這樣？沒錯，應該說這是通常的架構。那你要我看什麼？不急，真的不急，克莉絲蒂會慢慢冒出一堆足夠讓你疑惑、驚嚇、意外，甚至滿足你的想像力、考驗你的耐心和智商的事件來。

推理小說不都是這樣嗎？你說得沒錯，大部分是這樣，不一樣的是……對了，她像條春伯，像山田洋次，她真會說，而且她用文字說。

文字的敘述可以讓全世界幾代的人「聽」得過癮、「聽」個不停，除了聖經，也許就是克莉絲蒂。她不是神，但她真的夠神。

數十年前，台灣剛剛出現她的推理系列中譯本，那時是我結婚前，常有同齡的文藝青年來我租住的地方借宿，瞄到我在看克莉絲蒂，表情詭異地說：「啊？你在看三毛促銷的這個喔？」

我只記得他抓了一本進廁所，清晨四點多，他敲開我的房門說：「幹，我實在很討厭那個白羅……再拿一本來看看，我跟你說真的，要不是你的書，我真的很想把那個矮儸壓到馬桶吃屎！」

我知道他毀了，愛吃又假客氣，撐著尊嚴騙自己。克莉絲蒂再度優雅地撕破一個高貴的知識份子的假面具，她的手法簡單，那手法叫通俗，絕對自覺的通俗，無與倫比、無法招架的功力。

昔日的文藝青年如今跟我一樣，已然老去，但不時還會看到他寫一些充滿理念和使命感極重的文章，在報紙和雜誌上出現。我知道他要說什麼，只是常常疑惑他想跟誰說；同樣，我記得他說過什麼，但轉眼間忘記他說了什麼。但請原諒我，幾十年前那個晚上，他在我家看完的那兩本克莉絲蒂的小說內容，我可還記得清清楚楚。

也許有一天再遇到他的時候，我會問他之後是否還看過克莉絲蒂其他的書，如果沒有，我會跟他說，想讀要趁早，因為你會老、會來不及。至於白羅那個矮儸，大概永遠不會消失。哦，對了，還有一個叫瑪波，你說不定會來不及認識……

從他種視角到跨界嘗試的閱讀體驗

路那（推理評論家）

說到阿嘉莎・克莉絲蒂，即使是不太常閱讀推理小說的讀者，也很難不聯想到有個完美鬍子的偵探白羅、老小姐瑪波，又或者是她享譽國際的《東方快車謀殺案》、《一個都不留》等名著吧。

克莉絲蒂的廣受歡迎，還在於台灣近乎出版了她的全集。儘管台灣的出版能量相當驚人，但放眼國內外作家，有此殊榮者也在少數。這些作品中，除了廣受歡迎的系列作外，另有數量相對較少的獨立作品。這些作品或受累於知名度不高，或受累於缺乏讀者熟悉的偵探角色，而較少進入讀者的視野之中，然而，這不表示它們本身不值得一讀。

在這裡，我要先岔出去談一下柯南・道爾（Conan Doyle）與莫里斯・盧布朗（Maurice Leblanc）。這兩位除了同樣大受歡迎之外，他們其實也同受被角色綁架之苦——柯南・道爾一心想當個嚴肅作者，為此不惜「殺害」福爾摩斯，卻又在大眾壓力之下不得不讓他神奇地死而復生的事件，相信大家都耳熟能詳。然而，或許不是很多人知道，創造了亞森．羅蘋此一大受歡迎怪盜角色的盧布朗，最終也因羅蘋大受歡迎，且擅長易容的形象深植人心，導致他不得不將新偵探角色吉姆．巴內特（Jim Barnett）降級為羅蘋的分身。與道爾交好的克莉絲蒂，自然理解箇中艱辛，或許也因此早早意識到她不能再重蹈覆轍，是以她不僅致力於故事的創造，同樣致力於角色性格的劃分。但此事並非一蹴可幾。舉例而言，短篇小說〈情牽波倫沙〉的偵探，發表時由帕克．潘擔任偵探角色，稍後又更替為白羅一事，即讓人意識到帕克．潘與白羅之間的共性：相同的公務員退休身分、同樣與偵探小說家奧利薇夫人為好友，帕克．潘的祕書萊蒙小姐日後成為白羅的祕書等，種種線索都暗示著帕克．潘與白羅可能享有的共同根源。然而，是什麼讓帕克．潘沒有被白羅「吸收」，一如巴內特與羅蘋？閱讀《帕克潘調查簿》與收錄於《情牽波倫沙》的兩個短篇時，不妨仔細考察白羅與帕克．潘的不同之處。

除了角色外，故事情節的他種視角乃至於跨界嘗試，也是非系列作品的一大看點。《李斯特岱奇案》、《死亡之犬》、《殘光夜影》等短篇小說集中收錄的作品，有之後遭改頭換面的靈感之作，也有溢出推理小說規制，蔓延至靈異、恐怖、言情等領域之作。它們的開頭，與我們習慣的克莉絲蒂推理小說似無甚差異，然則在一個十字岔路的輕巧滑脫，卻足以造就全然不同的類型閱讀體驗。

同樣的體驗，在非系列長篇小說中亦可一見。不用系列角色，意味著不須遵守類型既定的規範，或受限於角色既有的設定，遂得以更加無拘無束的形式自在揮灑。眾所周知，克莉絲蒂絕非信奉范・達因（S. S. Van Dine）「故事中不能摻有戀愛成分」戒律的一人，相反地，她頗擅長於小說中加入情感元素。她筆下的系列偵探，無論白羅或瑪波，自身均不涉浪漫情感，而多以神仙教父／教母的姿態從旁協助，從而使小說中的推理情節與羅曼史主次分明，僅為點綴。但她筆下這些聰慧的男女，是否始終只能作為系列偵探的配角存在？對此，克莉絲蒂的回答是，許多時候，擺脫了神仙教父／教母的他們，會顯現出更令人矚目的風采。

另一方面，推理小說的大體布局，從謎團初現、偵查過程到真相大白，與羅曼史主角們從陌生到相知到決定是否相守，也自有其契合之處。是以，在克莉絲蒂的非系列作品中，有不少長篇故事均以處於曖昧狀態的男女作為偵查或敘事主體，如《西塔佛祕案》、《為什麼不找伊文斯？》、《死亡終有時》與《白馬酒館》等。其中的情感除了經典的兩情相悅外，亦存在著無私的奉獻，與狡獪的以情感作為武器等多種樣態。

克莉絲蒂同樣擅長以三角關係作為障眼法，從角色間的誤會到敘事手法的誤導等，在在能使讀者以為掌握了十之八九的關係圖，瞬間翻出別樣花色。《無盡的夜》保留了克莉絲蒂時常描繪的羅曼關係，卻撤去了推理小說的型態，改以令人聯想到達芬・杜莫里哀（Daphne du Maurier）的奇情（sensation）風格，確實令人耳目一新，難怪克莉絲蒂會將之選為十大最愛之七。而其自選最愛第八的《畸屋》，則巧妙地擺脫了傳統推理小說家族敘事中以惡意為基底的設定，別出心裁地講述了謀殺如何發生在一個充滿善意的家族之中。《畸屋》之「畸」，既源於同樣具備扼殺力量的善意，也源於天生之惡——克莉絲蒂對善與惡之觀點，由是鋪陳出了一個頗為耐人尋味的視角。

一般而言，以克莉絲蒂為首的黃金時期推理小說家的作品，不太會令人聯想到國際政治、社會情勢等，感覺起來就「硬邦邦」，一點也不「舒逸」（cozy）的事物。它應該是以鄉村、大飯店、（前）殖民地為核心，間或夾雜一兩句讀者也不甚在意的時局觀察以加固背景的狀態。但克莉絲蒂出生於一八九〇年，生平歷經奧匈帝國與俄羅斯帝國的崩潰、兩次世界大戰、經濟大恐慌等，樁樁件件都是近代歷史難以抹滅的大事件，她可能當真無動於衷嗎？是以，早在一九二七年，克莉絲蒂便以白羅為主角，寫出諜報小說《四大天王》，其後更塑造出湯米與陶品絲這對橫跨二次世界大戰的夫妻檔業餘情報員。然而這對歡喜鴛鴦的氛圍，或許終究難以展現克莉絲蒂對戰後國際形勢演變之思慮。職是之故，她持續創作鴛鴦神探的系列之餘，在他們力所未逮之處，再度啟用了非系列角色，《巴格達風雲》、《未知的旅途》、《法蘭克福機場怪客》均是此類作品，試圖傳遞她在《四大天王》中即已反覆論及的「幕後的力量」。

這個「幕後的力量」又是什麼呢？見識過帝國的崩潰，對於早年的克莉絲蒂來說，共產主義無疑是危險的。在她第二部出版品《隱身魔鬼》中，克莉絲蒂將幕後黑手設定為布爾什維克的信徒。然而，伴隨著一九二四年工黨政府首次執政，克莉絲蒂對相關思潮的憂慮似有緩和態勢，此後，她的小說中偶爾會出現被眾人視為嫌疑犯的左翼同情者最終卻得證清白的情節。

伴隨著二戰結束與冷戰的開啟，許多涉及諜報的故事紛紛以蘇俄作為陰謀主腦。但克莉絲蒂頗具深意地將《巴格達風雲》與《未知的旅途》背後的陰謀組織者拐了彎，不以冷戰雙方作為主使者，而是更廣泛地指向「無政府主義者」、「理想主義者」。這樣的觀點，在以新納粹為主軸的《法蘭克福機場怪客》中亦曾多次表述——但這不是說她就放棄了一些既存觀點。不意外地，赫伯特．馬庫色（Herbert Marcuse）、法蘭茲．法農（Frantz Fanon）這些思想家仍舊不討克莉絲蒂的喜歡。

克莉絲蒂對法農等人的抗拒，與她對大英帝國的忠誠，以及對中東（特別是埃及）的偏愛或許不無關聯。眾所周知，克莉絲蒂於一九三〇年結婚的第二任丈夫是考古學家，她因此與中東和考古結緣。當時，方於一九二二年在名義上脫離英國管治的埃及，是個年輕的新興國家，尚未能擺脫殖民宗主國的影響，克莉絲蒂對埃及乃至於中東的描繪，是以多半本於殖民者的視線而開展。她的背景與經驗，決定了她理解的視角。然則，這並不表示她無意了解該地的歷史淵源——以古埃及為背景的《死亡終有時》正是最好的例證。這部入選英國犯罪作家協會「史上百大犯罪小說」第八十三名的精采作品，向讀者講述的不只是一個關於謀殺的故事，更是千年前定居於此的埃及人究竟如何生活的故事。

在《巴格達風雲》中，有一段主角與主謀對峙時的敘述：「人命無關緊要……這是愛德華的信條。那個用瀝青黏補起來、三千年前的粗陶碗突然無來由地閃現在維多莉亞心頭。那些東西當然要緊。小小的日常用品、待養的家人、構築成一個住家的牆壁，還有一兩件被當作寶貝的財產。」顯而易見，對克莉絲蒂而言，考古文物的珍貴，不在於它們悠久歷史或蘊藏的知識，而在於當代人得以透過它們深刻感受過往人們的生活。正是這樣的感受，構築出對人與生命的尊重。這樣的尊重，正是克莉絲蒂推理小說的基石所在吧！

在娛樂之外，還有許許多多閱讀克莉絲蒂的方式，正如同在知名的偵探系列之外，仍存在著許許多多精采的非系列作品一般。你所看到的克莉絲蒂，又是什麼樣子呢？

獻詞

阿嘉莎．克莉絲蒂是世界讀者最眾，也最廣受喜愛的女作家。身為克莉絲蒂的孫兒，我相信奶奶會非常樂見這次出版，因為她極以自己作品中的趣味與娛樂為豪。歡迎所有喜歡本系列的台灣新讀者參與這場饗宴！

——馬修．培察（Mathew Prichard）

這部小說是我私心特別鍾愛的作品。我將這個故事放在腦海中好多年，我縈懷於心，反覆構思，不斷對自己說：「哪一天，等我有了充足的時間，而且想好好開心一下時，我就要開始動手了！」

在寫作的過程中，以我的作品而言，大約五本之中會有一本讓我深感樂趣無窮。創作《畸屋》就是種純粹的享受。我常在想，讀者在閱讀一本著作時，是否能夠看出作者在創作當時是苦或是樂呢？

一次又一次地有人對我說：「你在寫XX書時一定十分享受！」

然而該本書之於我可謂靈感頑強地拒絕湧現，人物角色沉悶乏味，情節橋段空洞累贅、對話內容索然無味……當然，這或許只是我個人的感覺。不過，對於自己的作品，作者並非最佳的評判者。然而，大家看來都很喜歡《畸屋》這本書，所以我自認可問心無愧將它視為我最好的作品之一。

不知道柳奈這一家人是怎麼跑進我腦子裡的——他們就是出現了。然後，如同 Topsy 那樣，他們就「長大了」。

我覺得自己只是他們的記錄者。

阿嘉莎・克莉絲蒂

01

我開始認識蘇菲亞．柳奈是在大戰末期的埃及。她在當地領事館的某部門擔任一個高階管理職位。第一次見到她是在一個正式場合，不久我便領教到她之所以登上那個職位的辦事效率，儘管她還很年輕（當時她才二十二歲）。

除了外貌讓人看來極為順眼之外，她還擁有清晰的頭腦和令我激賞的冷面幽默。她是一個很棒的談話對象，我們在一起吃過幾次飯，偶爾跳跳舞，過程非常享受。

那時我對她的感覺只是這樣。直到歐戰結束，我奉命到東方去，才了解到其他的事……那就是我愛上了蘇菲亞，我想娶她。

我發現到這一點，是我們正在「牧羊人」餐廳吃晚飯的時候。這個發現並未令我感到絲毫驚異，倒比較像是認知到一個長久以來熟悉的事實。我以嶄新的眼光看著她……但是我眼目所見仍是我長久以來即已熟習的。我喜歡眼中的那一切。她有一頭從前額高傲竄起的黑色鬈髮，那鮮明的藍眼，那小巧、鬥志高昂的方正下巴，那挺直的鼻梁。我喜歡她那身剪裁得宜的淺灰色套裝，以及那件白色縐紗襯衫。她渾身帶著清新的英國氣息，讓我這飄泊異鄉三年的人湧起強烈的親切感。我想，沒有人比她更具有英國味了……當我正在這樣想時，我突然懷疑起，她本人實際上是不是或可不可能真的像外表那樣具有英國味？真實人物可能像戲劇角色那般完美嗎？

我了解的就這麼多。我們自在地談論彼此的喜好，討論過個人的想法、未來、目前的朋友，但蘇菲亞從未提過她的家或是她的家人。她知道我的一切（我說過，她是一個很棒的傾聽者），我卻對她一無所知。我想，她應該也只是一般人的背景，但是她從未談起。直到目前為止我還不了解她的那部分。

蘇菲亞問我在想什麼。

我照實回答：「你。」

「我明白。」她說。聽來好像她真的明白。

「我們也許會有幾年見不到面，」我說，「我不知道我什麼時候才會回到英格蘭。但是等到我回去的那一天，我第一件要做的事就是去見你，要你嫁給我。」

她聽了眼睛眨都不眨一下。她坐在那裡，抽著菸，沒看向我。

一時之間，我擔心她可能沒聽懂。

「聽著，」我說，「有一件事我絕不會做，那就是要你現在嫁給我。這是行不通的。第一，你可能拒絕我，而我就得傷心地離去，然後也許為了挽回我的自尊，我去和某個女妖精鬼混。而如果你沒拒絕我，那我們又能怎麼樣呢？結婚，然後馬上品嘗兩地相思的滋味？或是訂婚，然後苦苦相候一段時期？我不能讓你這樣。你可能碰到中意的人，卻受到婚約的束縛，覺得不得不對我『忠貞』。我們是活在一個匆匆忙忙、求快求變的奇怪世界。在我們周遭，婚姻、戀愛分分合合的事情時刻都在發生。我寧可你回家去，自由自在的，看看戰後的新世界，決定一下你想要的是什麼。我們之間必須要是永久的，蘇菲亞，我無法適應其他型態的婚姻關係。」

「我也是。」蘇菲亞說。

「另一方面，」我說，「我想我有義務讓你知道我……呃，我的感受。」

「但是必須撇開露骨的感情表白？」蘇菲亞低聲說。

「親愛的……難道你不了解？我一直忍住不說我愛你……」

她止住了我的話。

「我了解，查理。而且我喜歡你做事的怪邏輯。你回英國後可以來看我……要是你到時還想……」

輪到我打斷她的話。

「這是無庸置疑的。」

「任何事情都有置疑的餘地，查理，總是有一些不可預料的因素存在。比如說，你對我了解就不多，不是嗎？」

「我甚至不知道你住在英格蘭什麼地方。」

「我住在奚雲里。」

我點點頭。我知道那個聞名英倫的倫敦郊外住宅區，它誇稱該區有三座供企業家使用的上好高爾夫球場。

她以沉思的聲音輕柔地補上一句：「在一棟歪歪扭扭的小屋裡……」

我一定是稍露驚色了，因為她露出一副覺得好笑的樣子，同時為了詳加解釋，她精心引述了一句話：「『他們全都住在一棟歪歪扭扭的小屋裡』。我們就是這樣。其實也不真的是棟小屋子，不過是歪歪扭扭的沒錯……由木質骨架和山形牆砌成。」

「你家是個大家庭嗎？幾個兄弟姐妹？」

「一個弟弟、一個妹妹、一個媽媽、一個爸爸、一個伯伯、一個伯母、一個祖父、一個姨婆，還有一個續弦祖母。」

「天啊！」我有點失態地叫了起來。

她笑出聲來。

「當然我們本來並不是全都住在一起。是戰爭和空襲造成的。不過我不知道……」她思考著皺起眉頭。「也許就精神層面來說，我們一家人一直都住在一起……在我祖父的庇護下。他是個相當了不起的人，我祖父。他八十多歲了，身高大約四呎十吋，但是任何人跟他站著一比都會黯然失色。」

「他似乎是個有趣的人物。」我說。

「他是有趣。他是來自斯麥那的希臘人。亞瑞士泰・柳奈。」她眨眨眼，補上一句說，「他非常有錢。」

「經過了這場大戰後，還會有人非常有錢嗎？」

「我祖父有，」蘇菲亞很有信心地說，「政府任何剝削富人的伎倆都奈何不了他。他自有辦法，反過來再大撈一筆。我懷疑，」她加上一句說：「你是否會喜歡他。」

「你自己呢？」我問道。

「我喜歡他勝過世上任何人。」蘇菲亞說。

02

過了兩年多我才回到英格蘭。這段時光可不怎麼好熬。我不時寫信給蘇菲亞，也常收到她的回信。她的信，就像我寫給她的一樣，並不是什麼情書。只能算是親近朋友之間的信件，談一些個人的想法和日常生活的感觸。然而我知道就我這方面來說——而且我相信就蘇菲亞那方面來說也一樣——我們彼此之間的感情增厚、增強了。

我在九月一個陰天回到了英格蘭。樹葉在傍晚的餘暉中金黃閃爍，風一陣陣地吹著。我從飛機場打了一封電報給蘇菲亞。

剛回來。今晚九時於「馬里歐」與你共進晚餐。查理。

幾個小時後，我坐著閱讀《泰晤士報》，瀏覽著出生、結婚和喪葬專欄，突然我的眼睛被「柳奈」這個姓氏吸引住。

先夫亞瑞士泰．柳奈九月十九日慟逝於奚雲里三山牆自宅，享年八十五。未亡人布蘭達．柳奈稽首。

緊接著是另一則訃聞：

先嚴亞瑞士泰．柳奈不幸猝逝奚雲里三山牆自宅，不孝子率眾孫子女泣血。花籃（圈）請送奚雲里聖艾德瑞教堂。

我發覺這兩則訃聞有點奇特。看來似乎是報社一時失察，因而重複刊登。不過我心裡面想的淨是蘇菲亞，便匆匆打了第二封電報給她：

剛看到令祖父去世的消息。深感哀慟。告訴我何時能見你。查理。

六點時，我在父親的家裡收到了蘇菲亞的電報：

九點會到「馬里歐」。蘇菲亞。

想到就要再見到蘇菲亞，我的心情既緊張又興奮。接下來的幾個小時漫長得叫人發瘋。我提早二十分鐘在馬里歐等著。蘇菲亞只遲到了五分鐘。

再度見到一個你久未謀面但卻縈記於心的人兒實在令人心顫。當蘇菲亞終於走進餐廳的旋轉門時，我的感覺彷彿如假似真。她穿著黑色服裝……有點奇怪的是，這令我吃了一驚！大部分的女人穿上黑衣服時，令人想到的是服喪，但讓我感到驚訝的是，蘇菲亞竟也是會穿上喪服的人，即便是為了一個近親。

我們喝著雞尾酒，然後找了一張桌子坐下來。我們之間的交談十分快速而熱切……彼此詢問著在開羅結識的一些朋友的近況。都是一些客套的對話，不過倒讓我們捱過了初見面的尷尬。我對她祖父的去世表示哀悼之意，蘇菲亞平靜地說事情來得「非常突然」。然後我們再度敘起舊來。我開始不安地感到有什麼不對勁……我的意思是，不同於方才因再度見面而自然產生的那份尷尬。蘇菲亞本身有什麼不對勁，確確實實的不對勁。或許，她是要告訴我她找到了一個更喜歡的人？是要告訴我說，她對我的感情「只是一項錯誤」？

其實我並不認為如此，但我仍不知道她到底是哪裡不對勁。我們繼續客套地聊著。

然後，相當突然地，在服務生把咖啡端上桌且鞠躬離去後，我們的對話有了焦點。蘇菲亞和我如同以前一樣，坐在一家餐廳的一張小桌子上。幾年的分離就好像從未發生過。

「蘇菲亞……」我說。

而她很快地說：「查理！」

我解脫地鬆了一大口氣。

「謝天謝地總算過去了，」我說，「我們之間是怎麼啦？」

「也許是我的錯。是我不好。」

「可是現在已經沒事了？」

「是的，現在已經沒事了。」

我們彼此對笑。

「親愛的！」我說，「你會多快嫁給我？」

她的笑容消失了。那不對勁的感覺又回來了。

「我不知道，」她說，「查理，我不確定我是不是能嫁給你。」

「怎麼了，蘇菲亞！為什麼不能？是因為你對我感到陌生了？你需要時間再重新適應？還是你有了別人？不……」我中斷下來。「我是個傻瓜，沒有這種事。」

「是沒有這種事。」

她搖搖頭。我等著。她以低沉的聲音說：「是因為我祖父去世的關係。」

「你祖父去世？可是，這怎麼說？這到底有什麼關係？你不會是說……當然你不會是指……錢的問題？他沒留下任何財產？可是，沒關係，親愛的……」

「不是錢的問題，」她輕輕一笑。「我知道你滿心願意娶我，即使我窮得如同一句老話所說的『身上只有內衣可穿』。再說祖父一輩子從沒損失過一毛錢。」

「那麼是為了什麼？」

「就是因為他去世……你知道，查理，我想他不只是『去世』。我想他可能是……被殺害……」

我睜大兩眼直直看著她。

「可是……這太不可思議了。你怎麼會這樣想？」

「我不是憑空想像。首先，醫生就怪怪的，他不肯簽死亡證明。他們會進行驗屍。顯然他們懷疑有什麼不對勁。」

我沒跟她辯駁，蘇菲亞有的是頭腦，她所做的推論都是可靠的。

所以，我急切地說：「他們的懷疑可能是不正確的。但這姑且不談。假如他們是對的，那又怎麼影響到你我之間的事？」

「在某些情況下可能影響到。你在外交部服務，警方對外交人員的妻室特別注意。不，請不要一股腦說出來，我知道你要說什麼。你一定會那樣說，而且我相信你是真心的。理論上而言，我相當有同感，可是我有尊嚴，很頑強的尊嚴。我希望我們的婚姻對每個人都好，我絕不要你為愛犧牲！再說，也許根本沒事……」

「你是說那個醫生……可能判斷錯了？」

「即使他錯了，那也無關緊要……只要是正確的人殺害了他。」

「你這是什麼意思，蘇菲亞？」

「這樣說是很惡劣。不過，終究人還是得誠實的好。」她搶在我前頭繼續說，「不，查理，我不再多說了。或許我已經透露太多。不過我決心今天晚上來見你，來看看你，同時讓你明白，在這件事情沒有完全澄清之前，我們沒辦法決定任何事。」

「至少說出來給我聽聽吧。」

她搖搖頭。「我不想說。」

「可是，蘇菲亞……」

「不，查理。我不想要你從我這個角度來看這件事。我要你以局外人毫不偏頗的眼光來看我們。」

「那麼我該如何做？」

她看著我，明亮的藍眼閃現一絲怪異的光芒。

「你會從你父親那裡知道。」她說。

我在開羅時告訴過蘇菲亞，我父親是蘇格蘭警場的副局長，他仍舊在職。聽她這麼一說，我感到一股涼意壓住心頭。

「有那麼嚴重？」

「我想是如此。你看到那邊有個男人獨自坐在靠門那張桌子嗎？一副英俊結實的退伍軍人模樣？」

「嗯。」

「今天晚上我搭火車時，在奚雲里的月台上看過他。」

「你的意思是，他跟蹤你到這裡？」

「是的。我想我們全都……該怎麼說？『在他們的監視之下』。他們暗示過我們不要離開屋子。但是我一心一意想要見你。」她小巧方正的下巴挑釁地往前一突。「我從浴室窗口沿著水管爬下來。」

「親愛的！」

「不過警方很有效率。而且，當然啦，有我打給你的那封電報。哦，管他的，我們已經在這裡，在一起……不過從現在開始，我們得各自行動。」她停頓一下，才又加上一句：「不幸的是，毫無疑問，我們彼此相愛。」

「是毫無疑問，」我說，「但可別說是不幸。你我歷經世界大戰，逃過太多次死亡在即的劫難。我不明白，就因為一個老人的突然去世……對了，他多大年紀？」

「八十五。」

「是的，《泰晤士報》上有寫。要是你問我，我會說他是壽終正寢，任何正派的醫生都會接受這個事實。」

「要是你認識我祖父，」蘇菲亞說，「你會想不透他怎麼可能去世！」

／03

我一向對父親的警察工作有著某種程度的興趣，但是從無心理準備要對之產生直接的興趣。

我還沒見到老爸。我回來時他出去了，而我在洗過澡、刮過鬍子、換好衣服後又出去跟蘇菲亞見面。然而，當我再回到家裡時，葛羅夫告訴我說他在書房裡。

他坐在書桌前，望著一大堆文件皺眉頭。我一進門，他便從座椅上彈了起來。

「查理！可真是夠長的一段日子了。」

我們這段歷經五年戰火浩劫後的相逢場面，一定會叫法國人看了大感失望。不過，那種久別重逢的情緒事實上還是存在的。我老爸和我感情很好，而且我們彼此相當了解。

「我這裡有一些威士忌，」他說，「什麼時候回來的？抱歉你回來時我出去了。我忙得一塌糊塗。剛接到一個要命的案子。」

我躺在椅背上，點燃一根香菸。

「亞瑞士泰・柳奈？」我問道。

他的雙眉迅速下垂，快速地打量我一眼。他的聲音禮貌而僵硬。

「你為什麼會這樣說，查理？」

「我說的沒錯？」

「你怎麼知道的？」

「根據聽來的消息。」

老爸等著我繼續說下去。

「我的消息，」我說，「來自內部。」

「不要賣關子了，查理，快說出來。」

「你聽了或許會不高興。」我說，「我在開羅認識了蘇菲亞・柳奈。我愛上她，打算娶她。今天晚上我和她見過面，一起吃了晚飯。」

「和你一起吃晚飯？在倫敦？她是怎麼辦到的？她們一家人都被我們要求——噢，相當禮貌地要求——留在家裡不要外出。」

「沒錯。不過她從浴室的窗口爬水管出來。」

老爸雙唇扭曲了一會兒，最後綻露笑容。

「看來，」他說，「她是個滿有機智的年輕小姐。」

「但你的手下效率十足，」我說，「一個軍人模樣的傢伙跟蹤她到馬里歐餐廳去。我想我會出現在他給你的報告中。五呎十一吋，褐色頭髮，棕色眼睛，穿著深藍色細條紋西裝什麼的。」

老爸緊盯著我看。

「你和她是……認真的？」他問道。

「是的，」我說，「是認真的，爸。」

一陣沉默。

「你介意嗎？」我問道。

「如果是一個星期以前，我不會介意。她的家境很好，會分到一大筆財產；而且我了解你，你不會輕易被愛情沖昏了頭。既然這樣……」

「怎麼樣，爸？」

「也許沒什麼關係，如果……」

「如果什麼？」

「如果是正確的人幹的。」

這是那天晚上我第二次聽到這句話。我的興趣來了。

「到底誰是正確的人？」

他以銳利的眼光看了我一眼。

「這件事情你知道多少？」

「一無所知。」

「一無所知？」他顯得很驚訝。「那女孩沒告訴你？」

「沒有。她說她寧可要我……從局外人的角度來看。」

「我倒想知道這是為了什麼。」

「這不是很明顯嗎？」

「不，查理，我不認為。」

他走來走去，眉宇深鎖，手上夾著的雪茄火都熄了。這顯示他有多感困擾。

「你對那家人了解多少？」他突然問我。

「一無所知！我只知道那個老頭子還有一大堆子子孫孫，不過細節我還搞不清楚。」我頓了頓，然後說：「你說給我了解吧，爸。」

「好。」他坐了下來。「很好，我就從頭講起，從亞瑞士泰·柳奈開始。他二十四歲來到英格蘭……」

「來自斯麥那的希臘人。」

「你知道這麼多啦？」

「是的，不過我也就只知道這些。」

門打開，葛羅夫進來說泰文勒探長來到。

「他負責這個案子，」我父親說，「我們最好請他進來。他正在調查那一家人。他對他們比我了解得多。」

我問說，是不是當地警察向警場報的案。

「那是在我們的轄區之內。奚雲里屬於大倫敦市範圍內。」

我點點頭，這時泰文勒探長走了進來。我好幾年前就認識泰文勒了，他熱情地和我打招呼，並且恭喜我安全歸來。

「我正在讓查理了解那件案子，」老爸說，「如果我說錯了，你糾正我一下，泰文勒。柳奈在一八八四年來到倫敦。剛開始在蘇活區開一家小餐館，賺了錢之後，他又開了另外一家。不久，他便擁有七、八家餐館，家家都是賺大錢。」

「不管做什麼，他從來都不會犯錯。」泰文勒探長說。

「他具有天生的第六感，」我父親說，「最後他成了全倫敦主要知名餐館的幕後老闆，然後大量投資包辦筵席的事業。」

「他同時也是很多其他事業的幕後老闆，」泰文勒說，「舊衣買賣、廉價珠寶店等等，很多事業。當然，」他深思地加上一句：「他一向不老實。」

「你的意思是說，他是個騙子？」我問道。

泰文勒搖搖頭。

「不，我不是那個意思。他是不太正派，但還不至於是個騙子，也從不做任何違法的事。不過他是那種鑽盡法律漏洞的傢伙。甚至在這次大戰期間，他還是照樣撈了一大票，他都那麼老了。他從來不做非法的事，可是一旦他有什麼動作，你就得馬上增加一條法律，以便亡羊補牢一番，你知道。可惜到了那個時候，他又一頭鑽進另一個漏洞裡去了。」

「聽起來他並不怎麼討人喜歡。」我說。

「夠奇怪的，他很討人喜歡呢。他很有個性，你知道，你可以感覺得出來。他的外表是不怎麼稱頭，只是個矮子，醜陋的矮冬瓜；不過，他頗有吸引力，女人總是對他愛慕不已。」

「他的婚姻頗令人意外，」我父親說，「娶了個鄉紳還是農民代表的女兒。」

我揚起眉頭。

「為了錢？」

老爸搖搖頭。

「不，是愛的結合。她是在為一個朋友籌備婚宴時認識他的，對他一見傾心。她的父母極力反對，但是她打定主意要嫁給他。我告訴你，他這個人有魅力，他具有某種強烈的異國風采緊緊吸引住她，打動了她的芳心。她厭倦了和她同種的人。」

「他的婚姻生活快樂嗎？」

「非常快樂，夠奇怪的了。當然他們各自的朋友都疏遠了（那個時候金錢還不是萬能，無法掃除階級界限），但是他們似乎並不在乎。沒有朋友他們還是過得快快樂樂。他在奚雲里蓋了一棟有點乖悖常理的房子，住在那裡，生了八個子女。

「老柳奈選上了奚雲里倒是聰明之舉。那時那個地區才剛開始發展。第二座和第三座高爾夫球場還沒蓋起來。那裡一些世居的家庭非常喜歡園藝，他們也都喜歡柳奈太太，還有一些有錢的都市人想和柳奈攀交情，因此他們可以選擇朋友往來。我相信他們十分美滿幸福，直到她在一九〇五年得肺炎死去。」

「留下八個子女？」

「一個夭折，兩個兒子在大戰中陣亡。一個女兒嫁到澳大利亞去，死在那裡。未出嫁的有一個車禍死亡，另外一個也在一兩年前死去。只剩下兩個還活著：長子羅傑，已婚，但是沒有子女；菲力浦娶了一個出名的女演員，生了三個孩子，你的蘇菲亞、尤斯達和喬瑟芬。」

「他們都一起住在……叫什麼來著？『三山牆』？」

「是的。羅傑．柳奈一家人是因為大戰初期自宅被炸毀，才搬來此地。菲力浦一家人則打從一九三八年開始就住在那裡。還有一位年老的姨媽，哈薇蘭小姐，她是第一任柳奈太太的妹妹。她一向公然表示厭惡她的姐夫，不過她姐姐一死，她認為接受她姐夫的建議搬去和他同住照顧孩子，是她的義務。」

「她很注重義務、責任，」泰文勒探長說，「但她可不是那種會改變個人看法的人。她一直不認同柳奈的作風……」

「哦，」我說，「看來好像是個大家庭。你想會是誰殺害了他？」

泰文勒搖搖頭。

「時機未到，」他說，「還說不上來。」

「得了吧，泰文勒，」我說，「我想你一定心裡有數，知道是誰幹的。我們現在可不是在法庭上，老兄。」

「沒錯，」泰文勒抑鬱地說，「而且我們也許永遠無法把這個案子弄上法庭。」

「你的意思是，他可能不是被人謀殺的？」

「噢，他是遭人謀殺沒錯，毒死的。不過，你也知道毒殺案件是怎麼回事，它們一向很難找到證據。非常撲朔迷離。一切的可能性指向某一方……」

「這正是我想知道的。你的心裡早已有了底，不是嗎？」

「這是個或然率非常高的案子。我所想的都只是那些顯而易見的可能性。也許是個天衣無縫的計畫。但我真的不知道，太詭詐了。」

我以懇求的眼光看著老爸。

他慢吞吞地說：「如同你所知道的，查理，在謀殺案件中，顯而易見的可能性，一般來說就是正確的答案。老柳奈後來續弦了，十年前。」

「在他七十五歲時？」

「是的，他娶了個二十四歲的年輕女人。」

我吹了聲口哨。

「什麼樣的年輕女人？」

「一個茶館出身的年輕女人，一個正派出身的年輕女人，蒼白、冷淡而且漂亮。」

「她就是你所謂『顯而易見的可能性』？」

「這我倒要問你呢，長官，」泰文勒說，「她現在才三十歲……這是個危險的年齡。她喜歡過舒服的生活；而且家裡有個年輕人，是孫子女的家庭教師，沒有參戰，心臟不太好什麼的。他們的關係非常親密。」

我深思地看著他。這當然是個老套的故事。糾纏不清的三角關係。但我父親強調了，這位第二任柳奈太太出身正派……不過很多謀殺案就是在這種偽裝之下進行的。

「是什麼東西致死的？」我問道，「砒霜？」

「不是。我們還沒收到化驗報告。不過醫生認為是『伊色林』。」

「這倒有點奇特，不是嗎？應該很容易就找出購買者。」

「不是這樣。藥是他自己的，你知道，眼藥水。」

「柳奈有糖尿病，」我父親說，「他定期注射胰島素。胰島素裝在有個橡皮蓋的小瓶子裡，注射時用針頭刺過橡皮蓋抽取藥液。」

我猜出他接下去要說的話。

「結果抽出的不是胰島素，而是伊色林？」

「正是。」

「那麼是誰幫他注射的？」我問道。

「他太太。」

我現在終於了解蘇菲亞所說的「正確的人」是什麼意思。

我問道：「那一家人和第二任柳奈太太處得來嗎？」

「處不來。我看他們幾乎都不講話。」

這似乎愈來愈清楚了。然而，泰文勒顯然不滿意這個解答。

「你認為事有蹊蹺？」我問他。

「查理先生，如果是她幹的，她應該在事後立刻換上一瓶真的胰島素。如果凶手真是她，我搞不懂為什麼她沒這樣做。」

「是的，有點道理。屋子裡有很多胰島素嗎？」

「噢，是的，到處是沒用過和用過的空瓶子。而且如果是她幹的，醫生十之八九不會瞧出破綻。遭伊色林中毒而死的人，很少在遺體上顯出異狀。不過因為他檢查了胰島素（看看是不是劑量不對或什麼的），因此，當然啦，他很快就發現裡面不是胰島素。」

「因此，」我深思地說，「看來柳奈太太要不是非常笨……就是非常聰明。」

「你的意思是……」

「她可能料定你會判斷沒有人會那樣傻。其他的呢？有沒有任何其他的涉嫌人？」

老爸平靜地說：「實際上，屋子裡任何一人都可能下手。那裡經常存放不少胰島素，至少足夠兩個星期的用量。其中一小瓶可能被人動了手腳後再放回去，等到時機成熟就用上。」

「而且任何人都可以接近那些藥瓶？」

「它們並沒有上鎖，都擺在他浴室的藥櫥架子上。整棟房子的人都可以來去自如。」

「有沒有人具備強烈的動機？」

我父親嘆了口氣。

「我親愛的查理，亞瑞士泰．柳奈可是個大富翁！沒錯，他是把很多錢分給了他的家人，但是可能有某個人想再多拿一些。」

「但最迫切需要的是他的遺孀。她的那位男人有錢嗎？」

「沒有，窮得要命。」

我的腦子裡突然有什麼一閃而過。我想起了蘇菲亞引述的童謠。我突然記起了整首童謠：

一個歪歪扭扭的人走了歪歪扭扭的一哩路，
他在一扇歪歪扭扭的木門邊發現了一張歪歪扭扭的六便士紙幣，
他養的一隻歪歪扭扭的小貓抓到了一隻歪歪扭扭的小老鼠，
而他們全都住在一棟歪歪扭扭的小屋裡。

我對泰文勒說：「你對柳奈太太的印象如何？你認為她怎麼樣？」

他慢吞吞地回答：「這很難說，非常難說。她不容易讓人了解，非常安靜，因此你不知道她心裡在想些什麼。但是她喜歡過好日子……這一點我發誓絕對錯不了。你知道，她讓我想到一隻貓，一隻養尊處優的大懶貓……並非我對貓有什麼不滿，貓沒什麼不好……」他噓了一口氣。「我們需要的，」他說，「是證據。」

是的，我想，我們都需要柳奈太太毒死她丈夫的證據。蘇菲亞需要，我需要，而且泰文勒探長也需要。

然後一切將會是美好的！

然而，對這件事，蘇菲亞不確定，我不確定，而且我認為泰文勒探長也不確定……

04

第二天，我跟泰文勒一道去三山牆。

我的身分奇特。最起碼來說，就相當不正規。但我老爸辦事一向不怎麼正規。不過說來，我還是有點沾得上邊的身分。在大戰初期，我曾和蘇格蘭警場的特勤組一起工作過。

當然，這是全然不同的一回事。只是我前述的表現給了我某些官方身分，可以這麼說。

我父親說：「如果我們想要解決這個案子，就必須取得一些內部消息。我們必須了解那棟屋子裡的每一個人。我們必須從內部去了解他們，而不是從外部。你就是能為我們取得內幕消息的人。」

我可不喜歡這樣。我把菸蒂往壁爐裡一丟說：「你們要我去充當警方的間諜，對吧？要我從我摯愛而她也愛我又信任我（我相信她是如此）的蘇菲亞身上去套取內幕消息？」

老爸開始顯得相當憤慨。他厲聲說：「看在老天的份上，想法不要這麼庸俗。不說別的，你也不相信你的愛人謀殺了她祖父吧？」

「當然不信，這簡直荒謬極了。」

「很好，我們也不信。她離家出國了幾年，一向和他感情深厚。她有份非常可觀的收入，而且我敢說，他會很高興聽到她和你訂情的消息，而且或許會為她準備一份大方的嫁妝。我們並不懷疑她。我們為什麼要懷疑她？不過有一點你應該清楚，如果這件事情沒有澄清，那個女孩是不會嫁給你的……從你所告訴我的訊息來判斷，我相當確信。還有，記住我的話，這也許是件永遠無法澄清的罪案。我們可以合理懷疑那個太太和她的男友可能是共謀，但是要做出證明可就是另一回事。甚至到目前為止，這個案子都還到不了檢察官那裡。除非我們找到對她不利的確切證據，否則一切都將永遠存疑。這你是了解的，不是嗎？」

是的，我是了解。

老爸平靜地說：「為什麼不坦誠和她談談？」

「你是說，問蘇菲亞我是否……」我停了下來。

「是的，是的。我並不是要你祕密進行隱瞞實情。和她談談，看她說些什麼。」

於是，第二天我就跟泰文勒探長和藍姆巡佐一道驅車前往奚雲里。

大約到了高爾夫球場再過去一點的地方，我們的車子便轉進一條便道，我想戰前這條便道上一定設有兩扇大鐵門。大鐵門在戰時出於愛國心被捐贈出去或是被強行徵用了。我們沿著一條兩旁都是石南花叢的彎曲車道前進，來到屋前的碎石迴車道上。

真是不可思議！不知道這棟屋子為什麼會叫作「三山牆」。叫作「十一山牆」還比較恰當些！很奇怪，它看起來就好像是變形了一般……我想我知道為什麼。它應該是一棟鄉間小別墅型的建築，只是它已經全面膨脹了，讓你覺得就好像看著一棟巨型放大鏡下的鄉間別墅，那歪斜的橫梁，那木頭骨架，那山形牆……它就像是一棟畸形的小屋在一夜之間突然茁壯膨大成蘑菇似的！

然而，我想，它正是一個希臘餐飲大亨觀念中的英國建築。它被刻意蓋成一個英國人的家，蓋得像城堡一樣大小！我不知道第一任柳奈太太對它有什麼感想。我想，他根本沒和她磋商或是告訴她蓋這棟房子的計畫。很可能是她的外國丈夫要給她一個小小的驚喜。我不知道她看到後究竟是感到毛骨悚然，或是微笑置之。

顯然她相當快樂地在那屋子裡生活過。

「有點壓迫感，不是嗎？」泰文勒探長說，「當然那老紳士對它期望不少，譬如把它建成三棟分離的房子，各自有廚房等等設備。內部的裝潢用的都是最好的，打點得就像豪華飯店一般。」

蘇菲亞從前門出來。她沒戴帽子，穿著一件綠色襯衫和軟呢斜紋裙。

她看到我，一下呆立在那裡。

「你？」她叫了起來。

我說：「蘇菲亞，我必須跟你談談。去什麼地方比較方便？」

有一下子，我以為她會提出異議，後來她一轉身說：「這邊來。」

我們越過草坪。從那裡可以看到奚雲里的第一座高爾夫球場，再過去是一座長滿松樹的小山丘，小山丘過去是煙霧瀰漫的朦朧鄉村景色。

蘇菲亞帶我到一座假山庭園，那裡有點疏於整理，一條木製長椅看起來很不舒服，我們在上面坐了下來。

「什麼事？」她說。

她的語氣不太高興。

我說了出來……全部說給她聽。

她非常專心地聽著，臉上表情顯露不出她心裡在想什麼，不過等我全部講完停了下來之後，她嘆了一口氣，深深地嘆了一口氣。

「你父親，」她說，「是個非常聰明的人。」

「我老爸自有他的道理。我自己倒認為這是個卑劣的主意，不過……」

「噢，不，」她說，「這主意一點也不卑劣，這是唯一行得通的辦法。你父親知道我腦子裡在想什麼，查理，他比你更了解。」她突然絕望似地一手握起拳頭，猛擊另一手掌。

「我非得弄清楚真相不可！我非得知道實情不可！」

「是為了我們嗎？可是，親愛的……」

「不只是為了我們，查理。為了我自己心靈的安寧，我非得知道不可。查理，我昨晚沒告訴你……事實上，我感到害怕。」

「害怕？」

「是的，害怕……害怕警方認為、你父親認為、每個人都認為是布蘭達。」

「以可能性而言……」

「噢，是的，是相當可能，是有可能。不過當我對自己說『或許是布蘭達幹的』時，我相當清楚這只是個一廂情願的想法。因為，你知道，我不真的這麼認為。」

「你不這樣認為？」我慢吞吞地說。

「我不知道……你已經如我所希望的從局外人口中聽到了一切。現在我以當事人的角度讓你了解一下。我完全不覺得布蘭達是凶手。她不是那種人，我覺得，不是那種會做出陷自己於不利的人。她太珍惜自己了。」

「那位年輕人呢，羅倫斯・布朗？」

「羅倫斯是個十足的膽小鬼，他沒那個膽子。」

「這我懷疑。」

「沒錯，我們並不真的知道，不是嗎？我的意思是說，人們有時會讓人大吃一驚，令人刮目相看。你認為某個人如何如何，結果有時候那種認知卻全錯了……未必總是錯，而是有時候。但是不管怎麼說，布蘭達……」她搖搖頭。「她一向中規中矩，是我所謂的閨女類型。喜歡坐下來吃吃甜點，穿著好衣裳，戴名貴珠寶，讀讀廉價小說，出去看看電影。我真的認為她很敬畏祖父。這說來也怪，因為他已經是個八十五歲的人了。他有權有勢，你知道，我想他能讓一個女人感到自己……噢，像位皇后，像帝王的寵妃！我認為，我一直認為，他讓布蘭達感到自己是一個有情趣而且羅曼蒂克的女人。他對女人一直很有辦法，而那是一種藝術，無論你再怎麼老邁，都不會忘掉箇中訣竅。」

我暫時把布蘭達的問題擺到一邊，回到蘇菲亞那一句令我困擾的話。

「為什麼你說，」我問道，「你感到害怕？」

蘇菲亞有點顫抖，雙手緊緊握在一起。

「因為這是事實，」她低聲說，「這非常重要，查理，我必須讓你知道這一點。你知道，我們是個非常怪異的家庭……我們都帶有不少冷酷的性情，而且是不同類型的冷酷。令人困擾的地方就在這裡——不同的類型。」

她一定看出我不解的表情。她繼續一鼓作氣地說下去。

「我會盡力把我的意思說清楚。比如說，祖父。有一次他在告訴我們他的斯麥那童年生活時，不經意地提到他曾經刺殺過兩個大人。好像是為了某種爭吵，他受到了莫大的侮辱，我不知道……不過在他而言那只是一件發生得相當自然的事，而且他事後真的就把這件事忘了。但是，在英格蘭，聽到人家這麼若無其事地說出這種事，會感到怪怪的。」

我點點頭。

「這是一種類型的冷酷，」蘇菲亞繼續說，「再來是我祖母。我對她的記憶非常模糊，但我常聽人談起她。我想她可能具有那種源自想像拘謹的冷酷。就像我們那些獵狐的祖先和那些老將軍，那種大義滅親的類型。他們充滿了正義感和榮譽感，一點也不害怕擔負起生死大任。」

「這是不是有點扯遠了？」

「也許是吧……不過我一直有點害怕那種類型的人。他們是滿富正直之心，卻殘忍無情。再來是我的親生母親。她是個演員，是個甜姐兒，但是她缺乏整體的意識。她是那些看事情只看它對自身有何影響的不自覺自我中心者。這有時會令人害怕，你知道。還有克里夢絲，羅傑伯伯的太太。她是個科學家，正在從事某種非常重要的研究工作。她也很冷酷無情，冷血、不近人情的那種類型。羅傑伯伯恰恰相反，他是世界上最仁慈、最可愛的人，但是他的脾氣實在壞得嚇死人。凡事一讓他血氣沸騰，他就幾乎不知道自己在幹什麼。還有父親……」

她停頓了一段很長時間。

「父親，」她慢吞吞地說，「可以說是太過於有自制力了。你從不知道他在想什麼，他也從不表露任何情感。或許這是一種對抗母親過分放縱感情的下意識自我防衛，只是有時候，這令我有點擔憂。」

「我的好女孩，」我說，「你沒有必要這樣苦了自己。到頭來每個人都變成可能的謀殺者了。」

「我想這是事實。甚至我也……」

「不會是你！」

「噢，查理，你不能把我排除在外。我想我是有可能殺人……」她沉默了一會兒，然後加上一句說：「不過如果是這樣，必須是為了某種真正值得的東西！」

我笑了起來，我忍不住。蘇菲亞微微一笑。

「也許我是很傻，」她說，「不過我們必須找出祖父去世的真相，非找出來不可。但願是布蘭達……」

我突然有點替布蘭達．柳奈感到難過。

05

一個高瘦的人影精神勃勃地沿著通往我們這裡的小徑走著，她頭上戴著一頂老舊的毛氈帽，穿著一件皺得不成形的裙子和一件有點累贅的毛織運動衫。

「艾迪絲姨婆。」蘇菲亞說。

她一兩度停住腳步，俯身看看花壇，然後繼續朝我們走過來。我站了起來。

「這位是查理．海華，艾迪絲姨婆。這是我姨婆，哈薇蘭小姐。」

艾迪絲．哈薇蘭是個年約七十的婦人。她有一頭蓬亂的灰髮，一張飽經風霜的臉孔和精明、銳利的眼神。

「你好，」她說，「我聽說過你，從東方回來的吧。令尊好嗎？」

我感到有點驚訝，回說他很好。

「打從他小時候我就認識他了，」哈薇蘭小姐說，「我和你祖母很熟。你看起來有點像她。你是來幫助我們……或是為了其他什麼事？」

「我希望幫得上忙。」我有點不自在地說。

她點點頭。

「我們是需要幫忙。這裡到處都是警察，隨時隨地突然間就冒一個出來。有一些我很不喜歡。進過高尚學校的男孩不該當警察。那天看到摩娜．金諾的孩子在指揮交通，讓人真不知道該怎麼說才好！」她轉向蘇菲亞。「姆媽在找你，蘇菲亞，她要你打電話叫魚。」

「麻煩你了，」蘇菲亞說，「我這就打電話去叫。」

她敏捷地走向屋子去。哈薇蘭小姐轉身慢慢朝著相同的方向走去。我跟在她一旁。

「不知道我們要是沒有姆媽該怎麼辦，」哈薇蘭小姐說，「幾乎家家戶戶都有個老姆媽那樣的人。她們幫忙洗燙衣服，做飯燒菜，料理家事。忠心耿耿，幾年前，我自己挑上她的。」

她俯身，惡狠狠地拔起一團糾纏的綠草。

「可惡的東西，野生旋花草！最壞的野草！糾纏蔓延，悶得花木透不過氣來，而你又無法妥善把它們處理掉，只得任它們在地底下到處蔓結生根。」

她惡狠狠地把那一大把綠色植物丟在地上，用腳後跟踐踏著。

「這是件不吉祥的事，查理．海華。」她說，望向屋子。「警方的想法怎麼樣？我想我不該問你這個。想到亞瑞士泰被人毒死，感覺好奇怪。其實光想到他會死就是一件古怪的事。我不喜歡他，從來都不！但是我不習慣他死了，讓這屋子顯得這麼……空蕩。」

我什麼都沒說。照她的語氣聽來，艾迪絲．哈薇蘭似乎處在回想的情緒當中。

「今天早上我正在想，我住在這裡很長一段時間了，四十多年了。姐姐去世後我就來這裡。他要我來的。七個孩子，最小的才一歲，不能眼看著他們讓一個拉丁人帶大，對吧？一樁叫人無法忍受的婚姻，當然。我一直覺得瑪西亞一定是……呃，中了邪。醜陋、庸俗、矮小的外國人！不過憑良心說，他從不干涉我。保母、管家、學校，全由我一手聘請挑選；還有選擇適當、有益健康的幼兒食品……不是他常吃的那些怪味道的米飯。」

「從那時候開始，你就一直住在這裡？」我喃喃說道。

「是的，有點怪吧……我想，我早可以離開的，當孩子們都長大，嫁的嫁、娶的娶之後……我想我是對花園產生了興趣，真的。後來，菲力浦來了。要是一個男人娶了個女演員，你就別指望他能享有任何家庭生活。不知道女演員為什麼要生孩子。孩子剛一生下來，她們就匆匆忙忙地出了遠門，到愛丁堡或什麼地方的劇院去演戲。不過至少菲力浦做了件明智的事——把書一起搬來這裡。」

「菲力浦．柳奈從事什麼工作？」

「寫書。想不出為什麼，沒人想去讀它們。全都是一些艱澀的歷史細節。你聽都沒聽說過他吧？」

我承認。

「太有錢了，就是這樣，」哈微蘭小姐說，「大部分的人都得賺錢過日子，作怪不得。」

「他的書不賺錢？」

「當然。據說他是研究某一代歷史的權威。但他不需要靠寫書賺錢，亞瑞士泰為他準備了大約十萬英鎊，相當驚人的一筆數目，以便逃避遺產稅！亞瑞士泰讓他們全都在經濟上各自獨立。羅傑經營筵席包辦事業，蘇菲亞則有一份非常可觀的零用錢。給孩子的錢都存在信託基金裡。」

「這麼說，沒有人會因為他的死而特別得到什麼？」

她以怪異的眼光瞄了我一眼。

「不，他們可以，他們都能得到更多的錢。不過其實只要他們開口，也許就能得到。」

「你對於是誰毒害了他有沒有任何看法，哈薇蘭小姐？」

她動容地回答：「沒有，我真的沒有。這令我非常困惑！想到有個毒害親人的凶手正在屋內逍遙，可不是件好受的事。我想警方會盯牢可憐的布蘭達。」

「你不認為他們這樣做是正確的？」

「我無法判斷。在我看來，她是個相當愚蠢、庸俗的年輕女人，有點刻板守舊，不是我觀念中的下毒者。然而，如果一個二十四歲的年輕女人嫁給了一個近八十歲的男人，顯然她嫁的是他的錢而不是他的人。照一般的邏輯來看，她應該期望自己不久就能成為一名富孀。不過亞瑞士泰是個堅韌的老人。他的糖尿病並未惡化，看起來像是會活到一百歲。我想她等得不耐煩了……」

「這樣的話……」我停下來沒再說下去。

「這樣的話，」哈薇蘭小姐敏捷地說，「那對我們就比較好些啦。當然啦，那多少會引起公眾非議。不過，她畢竟不是這家族的一份子。」

「你沒有其他想法？」我問道。

「我該有什麼其他想法？」

這我很懷疑。我懷疑那頂破舊毛氈帽下的那顆腦子，不只想著這些。

在那句唐突、難以接續的話語之後，我想，有一顆非常精明的腦袋正在運作著。一時之間，我甚至懷疑是否是哈薇蘭小姐毒死了亞瑞士泰．柳奈……

看來這並非不可能的事。在我腦海深處，印著她狠狠用腳後跟把野生旋花草蹂進土裡的模樣。

我想起了蘇菲亞用過的字眼：冷酷。

我偷偷從旁瞄了艾迪絲．哈薇蘭一眼。

只要有個充分的好理由……但是什麼對艾迪絲．哈薇蘭來說是個充分的好理由呢？

要回答這個問題，我得多了解她一些。

／06

前門敞開著。我們穿過前門，進入大得有點驚人的門廳。廳裡布置嚴謹，充滿精漆黑橡木和閃閃發光的銅器。在門廳裡頭通常配置樓梯的地方，是一面立著一道門的嵌板白牆。

「那邊是我姐夫的活動範圍，」哈薇蘭小姐說，「一樓是菲力浦和瑪格達住的。」

我們穿過左邊一道門，進入一間大客廳。淺藍色的嵌板牆，厚厚的錦緞家具，每一張桌子和每一面牆上都擺滿、掛滿了演員、舞者、舞台設計的照片和畫像。一幅竇加畫的「芭蕾舞者」掛在壁爐上方的牆面。室內大量擺設花朵，有大朵大朵的茶色菊和大瓶的各色康乃馨。

「我想，」哈薇蘭小姐說，「你想見菲力浦吧？」

我想見菲力浦嗎？我不知道。我原本只是要見蘇菲亞。這目的我已經達成了。她極為贊同我老爸的計畫，但是她現在已經退場——想必正在什麼地方打著電話叫魚——沒有指點我如何繼續進行。我該拿什麼身分跟菲力浦．柳奈接觸？是個急於娶他女兒的後生晚輩，是個順路拜訪的朋友（當然不會在這個時候來吧！），或是一個與警方相關的人員？

哈薇蘭小姐不給我時間考慮她的問題。事實上，她那句話根本不是個問句，倒更像是個宣告。我判斷，哈薇蘭小姐慣於宣告而不善徵求別人的意見。

「我們到書房去。」她說。

她帶我走出客廳，沿著一條走廊，穿過另一道門。

這是個堆滿書本的大房間。書本並不是安安分分地擺在高及天花板的書架上，而是散放在椅子上、桌子上，甚至連地板上也到處都是；然而房間卻不給人凌亂的感覺。

房間陰冷，少了一種我所期待的味道。空氣中有股舊書的氣味和些微蜜蠟味。一兩秒鐘之後，我知道少掉的是什麼……菸草的香味。菲力浦．柳奈不抽菸。

我們一進門，他便從書桌後面站了起來……一個年約五十上下的高大男人，非常英俊。每個人都太過於強調亞瑞士泰．柳奈的醜陋，以至於我以為他兒子也和他一樣。我沒料到會見到這麼完美的外貌——挺直的鼻梁、曲線無瑕的下巴、一頭從造型美好的前額往後平梳的金髮，上面已飛濺著些許灰白。

「這位是查理．海華，菲力浦。」艾迪絲．哈薇蘭說。

「啊，你好。」

我不知道他是否聽說過我。他伸出來跟我相握的手是冰冷的。他的表情相當冷淡，害我有點緊張。他很有耐心卻興趣缺缺地站在那裡。

「那些可怕的警察在哪裡？」哈薇蘭小姐問道，「他們有沒有進來過這裡？」

「我相信泰文勒……」（他瞄了一眼書桌上的名片。）「探長稍後就要來跟我談話。」

「他現在人在什麼地方？」

「我不知道，阿姨。我猜，在樓上吧。」

「跟布蘭達在一起？」

「我真的不知道。」

菲力浦．柳奈那副樣子，看來真不像是有件謀殺案已經在他身旁發生。

「瑪格達起床了沒有？」

「我不知道。她通常不到十一點是不會起床的。」

「好像是她來了的聲音。」艾迪絲．哈薇蘭說。

她所謂「好像是她來了的聲音」是一陣高亢快速的談話聲，而且很快地朝這裡逼近。旋即，我身後的房門猛然一開，一個女人走了進來……我不知道她是怎麼辦到的，那竟讓人感覺到好像進來的是三個女人而不是只有一個。

她抽著長長的濾菸嘴，穿著一件桃色絲綢便袍，一手提起衣角。一頭瀑布般的黃褐色頭髮傾瀉在背後，她的臉有那種時下女人在完全沒有化妝之下的驚人裸露感。她有對巨大的藍眼睛，走起路來非常快，聲音粗嘎迷人，發音非常清晰。

「親愛的，我受不了，完全受不了——想想大眾的反應……這事是還沒有上報，不過當然不久之後就會登出……我還沒決定上調查庭該穿什麼衣服。色彩完全收斂的衣服？不要黑色，或許就暗紫色……我的衣料配給票都用光了，我把賣票給我的那個人的地址搞丟了……你知道，是在靠近雪佛茲貝利巷的一個車庫。如果我開車過去，警察會跟蹤我，他們可能會問我一些非常難堪的問題，不是嗎？我的意思是說，我能說什麼？你好冷靜啊，菲力浦！你怎麼能這麼冷靜？難道你不了解，我們現在可以離開這可怕的屋子了？自由……自由！噢，這樣說太無情了。可憐的老甜心……當然他還活著的時候，我們是不會離開他的。他真的很溺愛我們，不是嗎……不管樓上那個女人怎麼想盡辦法挑撥我們的感情。我相當確信，要是我們先離開了，把他留給她一個人，他到頭來會什麼都不留給我們。可怕的女人！畢竟可憐的老甜心已經快九十歲了，全世界所有的親情加起來也對抗不了那個與他朝夕相處的蛇蠍女人。你知道，菲力浦，我真的相信這是推出《奧第絲．湯普遜》那齣戲的大好機會。這件謀殺案會給我們很多熱身的宣傳。比爾．丹斯登說他可以找到一些悲劇演員——那齣可怕的礦工詩劇隨時都會下檔。這是個好機會，好極了的機會。他們說我最好一直演喜劇，因為我的鼻子……你知道《奧第絲．湯普遜》那齣戲裡還是有很多喜劇的成分，但我不認為作者了解這一點。喜劇可以提升懸疑效果，我知道該怎麼演——平庸、愚蠢、做作，然後到了最後一分鐘……」

她甩出一條手臂，香菸從菸嘴上掉下來，落到菲力浦的桃花心木書桌上，開始燃燒起來。他平靜地把香菸撿起來，丟進廢紙筒裡。

「嗯……」瑪格達・柳奈輕聲說道，她的眼睛突然睜大，面孔僵硬起來。「是全然的恐怖……」

全然恐怖的表情在她臉上停留了大約二十秒，接著她瞬間放鬆肌肉，又把臉皺了起來，有如一個惶惑的孩子正要放聲嚎啕大哭一般。

突然，她臉上的所有表情一掃而空，轉向我，一本正經地問我。

「你不認為這正是演奧第絲・湯普遜的方式嗎？」

我回說我認為這正是演奧第絲・湯普遜的方式。當時我對奧第絲・湯普遜是何方神聖只有非常模糊的印象，但是我急於和蘇菲亞的母親建立良好的開始。

「布蘭達有點可能，不是嗎？」瑪格達說，「你知道嗎，我從沒想過是她。非常有趣。我要不要告訴探長這一點？」

書桌後的男人微皺眉頭。

「沒有必要，瑪格達，」他說，「你根本不必見他。我可以告訴他任何他想知道的事。」

「不必見他？」她的聲音上揚。「可是我當然必須見他！唉，親愛的，你太沒有想像力了！你不了解細節的重要性。他必須知道每件事情在何時、何地、怎麼發生的，他需要掌握每個人注意到的小事情以及懷疑的……」

「媽，」蘇菲亞從敞開的房門走進來說，「你可不要對探長胡說八道。」

「蘇菲亞，親愛的……」

「我知道，我的寶貝媽媽，你已經全都準備好了，打算好好地表演一番。但是你錯了。這是個相當錯誤的想法。」

「胡說，你不知道……」

「我完全知道。你得換個不同的方式表演，親愛的。抑制住你自己，盡量少說話，收斂一點，要提高警覺，好好保護家人。」

瑪格達．柳奈臉上露出孩子般純真的困惑表情。

「親愛的，」她說，「你真的認為……」

「是的，把你的那些傻主意丟開，我就是這個意思。」

等她母親的臉上開始綻露一絲愉悅的笑意時，蘇菲亞又加上一句說：「我替你準備了一些巧克力，在客廳裡……」

「噢，好，我餓死了。」

她走到門口，停了下來。

「你不知道，」她的話不是對我就是對我身後的書架說，「有個女兒有多好！」

說完這句「退場詞」後，她走了出去。

「天知道，」哈薇蘭小姐說，「她會跟警察說些什麼！」

「她不會有問題的。」蘇菲亞說。

「她可能把什麼都一股腦說出來。」

「別擔心，」蘇菲亞說，「她會照著導演的話去做——我就是那位導演！」

她隨她母親之後走了出去，卻又猛一轉身說：「泰文勒探長來見你了，爸。你不介意查理留下來吧？」

我想菲力浦．柳奈聽完這句話後，臉上是出現了非常細微的困惑表情。很有可能！但是他那漠不關心的習慣幫了我一個忙。

「噢，當然，當然。」他有點含糊其辭地喃喃說道。

泰文勒探長走進來，壯實、可靠，一副機敏、效率十足的樣子，頗討人歡心。

「只會有一點小小的不愉快，」他的態度如是說，「然後我們就會永遠離開這棟屋子……這沒有人會比我更高興。我可以向你保證，我們並不想要在這裡逗留……」

我不知道他是怎麼辦到的。他一句話都不用說，只是拉把椅子坐到書桌前，就把他心中的意思傳達了出去。這招的確生效了。我謙遜地在稍遠的地方坐了下來。

「有何指教，探長？」菲力浦說。

哈薇蘭小姐突然插嘴說：「你不需要我吧，探長？」

「目前不需要，哈薇蘭小姐。稍後，要是我可以和你談幾句話……」

「當然。我會在樓上。」

她走了出去，隨手把門帶上。

「怎麼樣，探長？」菲力浦說。

「我知道你非常忙，我不想打擾你太久。不過我可以私下和你提一提，我們的懷疑得到了證實。令尊不是自然死亡。他的死是服食過量扁豆鹼素所致……一般較熟悉的名稱是叫伊色林。」

菲力浦低下頭。他沒有任何特別的情緒反應。

「我不知道這對你來說有沒有任何提示作用？」泰文勒繼續說。

「該有什麼提示作用？我自己的看法是，我父親不小心誤服了毒藥。」

「你真的這樣認為，柳奈先生？」

「是的，在我看來這十分可能。你要知道，他將近九十歲了，眼力非常不好。」

「所以他把眼藥水倒進胰島素的藥瓶裡當作胰島素用？在你看來，這真是個可信的說法嗎，柳奈先生？」

菲力浦沒回答，他臉上的表情更顯平靜。

泰文勒繼續。

「我們找到了眼藥水瓶，空的，在垃圾箱裡，上面沒有指紋。這一點本身就大有蹊蹺。一般正常的現象是上面應該留有指紋——當然是令尊的，也可能是他太太或是侍僕的……」

菲力浦．柳奈抬起頭來。

「那侍僕呢？」他說，「瓊生呢？」

「你是在暗示瓊生可能是凶手？他當然有機會下手。但一思及犯罪動機那就不一定了。令尊照例每年給他一份年終獎金，而且年終獎金的數目逐年增加。令尊讓他明白，他是用這種方式來取代死後留給他一份遺贈。如今這份年終獎金在七年的服務期之後，已經達到一個非常可觀的數目，而且仍然逐年增加。顯然令尊活得愈久對瓊生愈有利。再說，他們相處得好極了；而且瓊生過去的紀錄無懈可擊，他是個徹頭徹尾忠誠幹練的侍僕。」他頓了頓。「我們不懷疑瓊生。」

菲力浦平靜地回答：「我明白了。」

「柳奈先生，或許你可以告訴我一下，你自己在令尊去世那天的行蹤？」

「當然，探長。我就在這裡，在這房間裡，待了一整天……當然啦，除開吃飯的時間。」

「你有沒有見過令尊？」

「我按照慣例早餐之後會去向他請安。」

「當時你單獨和他在一起嗎？」

「我……呃，我繼母也在房裡。」

「他看起來如同往常一般嗎？」

菲力浦帶著一絲嘲諷地回答：「他沒有顯露出預知自己當天會被謀害的跡象。」

「令尊住的那邊完全和這邊隔絕嗎？」

「是的，唯一的通道是門廳裡的那道門。」

「那道門一直都鎖著嗎？」
「不。」
「從來不鎖？」
「據我所知是這樣沒錯。」
「任何人都可以來去自如？」
「當然。我們只是基於家居生活的隱私才分開來住。」
「你是怎麼知道令尊去世的？」
「我哥哥羅傑，他住在樓上西廂，匆匆忙忙跑下來告訴我說，父親突然發病，呼吸困難，好像非常嚴重。」
「你怎麼處理？」
「我去打電話給醫生……當時好像沒有人想到要這樣做。醫生出去了，不過我留話給他，要他盡快過來。然後我才上樓去。」
「後來呢？」
「我父親的情況非常嚴重。醫生還沒來他就去世了。」
菲力浦的聲音不帶任何感情，僅僅是簡單的陳述事實。
「其他的人在什麼地方？」
「我太太在倫敦。後來她很快就回來了。我想，蘇菲亞也不在。兩個小傢伙，尤斯達和喬瑟芬在家。」

「我希望你不會誤解我的意思，柳奈先生……請問令尊一死會如何影響到你的財務情況。」

「我相當了解，你想要知道一切事實。我父親在好幾年前就讓我們各自財務獨立。他讓我哥哥當『聯合筵席公司』的董事長和大股東，那是他所擁有的最大一家公司，他把經營權完全交到他手上。他給我一筆他認為數目可觀的錢——面額十五萬英鎊的各種債券和優良股票，好讓我隨意運用。他也給了我後來去世的兩個姐姐非常優渥的一筆錢。」

「而他自己還是一個非常有錢的人？」

「不，實際上他只留給自己一份算是中等的收入。他說那夠他生活所需了。從那時候開始，」菲力浦的唇角首度展現一絲笑意。「由於各種事業的成功，他變得比以前更為富有。」

「令兄和你之所以搬來這裡住，不是因為財務……出現困難吧？」

「當然不是。純粹是為了方便。我父親經常告訴我們，他隨時歡迎我們搬過來和他同住。為了各種家務上的原因，這樣做對我來說是件極為方便的事。同時，」菲力浦特意加上一句話：「我也非常喜歡我父親。我和家人是一九三七年搬來這裡的。我不用付房租，但是我自負居住範圍的稅金。」

「令兄呢？」

「我哥一九四三年因為位於倫敦的房子被炸毀而搬來這裡。」

「柳奈先生，你知不知道令尊的遺產是怎麼分配的？」

「非常清楚。他在一九四五年戰爭結束之後不久，重新立下遺囑。我父親不是個偷偷摸摸的人，他很有家族觀念。他召開一次家庭會議，律師應他的要求到場向我們說明遺囑的條款。那些條款我相信你已經知道了……無疑地，蓋斯奇先生已經告訴你了。大略來說，有一筆十萬英鎊的稅後淨額會給我繼母……他結婚時已經給了她一筆非常優渥的聘金。其餘的財產分成三等份，一份給我，一份給我哥哥，另一份存入信託基金給他的孫子女。遺產金額很大，但是遺產稅當然也很重。」

「有沒有留給僕人什麼遺贈或是慈善捐贈？」

「完全沒有。僕人如果留任的話，薪資都會逐年增加。」

「你實際上並不——原諒我這樣問——缺錢用吧，柳奈先生？」

「你知道，我繳納的所得稅是有點重，探長，不過我的收入很夠我自己用，也夠我太太用。再說，我父親經常饋贈大家貴重的禮物，而且萬一我們遇到什麼急難，他也會馬上解救。」然後，菲力浦又冷淡、清晰地補上一句：「我可以向你保證，我沒有殺我父親的金錢動機，探長。」

「柳奈先生，如果你認為我有這種意思，那我真是非常抱歉。但我們不得不了解一切細節。現在我恐怕得問你一些有點敏感的問題。是有關令尊和他太太之間的關係。他們在一起相處和樂嗎？」

「就我所知，美滿極了。」

「沒有爭吵？」

「我不認為有。」

「他們年齡……差距很大？」

「是很大。」

「你是否——對不起——贊成令尊的第二次婚姻？」

「他沒有徵求我的意見。」

「這不算是回答我的問題，柳奈先生。」

「既然你這麼問，那我就實說了。我認為這項婚姻……不明智。」

「你有沒有勸過令尊？」

「我知道這件事時，已經是既成事實了。」

「對你算是一大震撼吧，呃？」

菲力浦沒有回答。

「你對這件事有沒有不良的感受？」

「我父親有權做他自己高興的事。」

「你和柳奈太太之間相處和睦吧？」

「十分和睦。」

「你和她之間感情融洽？」

「我們很少碰面。」

泰文勒探長轉變話題。

「你能不能告訴我關於羅倫斯・布朗先生的事？」

「我恐怕沒辦法告訴你。他是我父親聘請的。」

「但他是應聘來教你的兒女的，柳奈先生。」

「沒錯。我兒子是小兒麻痺症的受害者……幸好病情不重；我們考慮的結果認為還是不要送他去上學的好。我父親提議他和我女兒喬瑟芬一起接受家庭教師的教導。那個時候可選擇的家庭教師相當有限，因為必須是免服兵役的人。這位年輕人的資歷令人滿意，我父親和我阿姨（她一直負責照顧孩子們），對他很滿意，我順從他們的意見。附帶一說，我對他的教學無可挑剔，他很負責盡職。」

「他住的地方是在令尊那一邊，不是這裡？」

「那裡的空房比較多。」

「你有沒有注意過——對不起問你這個——羅倫斯・布朗和你的繼母有過從甚密的跡象？」

「我沒有機會去注意這種事情。」

「你有沒有聽過這方面的閒言閒語？」

「我從來不聽人家的閒言閒語，探長。」
「非常令人欽佩，」泰文勒探長說，「這麼說你是非禮勿視，非禮勿聽，而且非禮不語囉？」
「隨你高興怎麼說，探長。」
泰文勒探長站了起來。
「好了，」他說，「非常謝謝你，柳奈先生。」
我謙遜地隨他走出房間。
「咻，」泰文勒說，「他真夠冷靜難纏的！」

07

「現在，」泰文勒說，「我們去找菲力浦太太談談。她的藝名是瑪格達・衛斯特。」

「她演得好不好？」我問道。「我知道她的名字，而且我想我曾在幾齣戲裡見過她，但我不記得是在什麼時候、什麼地方。」

「她是那些所謂的戲劇新秀，」泰文勒說，「她在西區登過幾次台，在有固定劇團上演的那種劇院相當有名氣，經常在知識份子常去的小戲院和週日俱樂部裡演出。我想，她不用靠演戲過活，對她的演技相當不利。這是實話。她可以東挑西揀，選她自己喜歡的角色，到她喜歡的地方去演，偶爾看中某個角色，也會出錢資助演出，但通常她看中的都是世界上最不適合她演的角色。如此這般，她退入了業餘界，已無法晉升至職業層級。她演得滿好的，你知道，特別是喜劇。但是劇院經理不太喜歡她，他們說她太獨立了，而且常惹麻煩，喜歡惡作劇，挑起爭端。我不知道這有多少是事實，但她在同行之間不怎麼受歡迎。」

蘇菲亞從客廳走出來說：「我母親在這裡，探長。」

我跟隨泰文勒進入一間大客廳。一時之間，我幾乎認不出那位坐在緞面靠背長椅上的女人是誰。

她紅黃色的頭髮梳成愛德華時代的髮型，高聳在頭上，身上穿著一套剪裁精細的暗灰色套裝，和一件精緻的淡紫色縐褶襯衫，頸項間繫著一個小巧的瑪瑙胸針。我首次注意到她那鼻尖有點傾斜的鼻子，它具有某種魅力，令我想起了亞希娜．席勒那個角色。相當令人難以相信她就是剛才那位穿著桃色便袍的激動女人。

「泰文勒探長？」她說，「請進來坐。你抽不抽菸？這真是件最最恐怖不過的事。我當時簡直完全無法承受。」

她的聲音低沉，不帶感情，拚命要展現自我控制的姿態。她繼續說道：「如果我能幫上你任何忙，請儘管說出來。」

「謝謝你，柳奈太太。悲劇發生的時候你在什麼地方？」

「我想我一定是在從倫敦開車回來的路上。我那天跟一個朋友在長春藤餐廳吃午飯。然後我們去看了一場服裝秀。我們跟一些朋友在柏克萊餐廳喝了幾杯，才啟程回家。我回到這裡時，一切都在騷動之中。好像我公公突然發病了，他……死了。」她的聲音只做出微微的顫抖。

「你喜歡你公公嗎？」

「我深愛……」

她的聲音陡然上揚。蘇菲亞微微調整了竇加那幅畫的角度。瑪格達的聲音跌落到原先抑制住的音量。

「我非常喜歡他，」她以平靜的聲音說，「我們都是。他……對我們非常好。」

「你跟柳奈太太處得來嗎？」

「我們不常見到布蘭達。」

「為什麼？」

「哦，我們的共通點不多。可憐的布蘭達，她其實也很苦。」

蘇菲亞再度動動那幅畫。

「真的？怎麼說？」

「噢，我不知道。」瑪格達搖搖頭，掛著一絲慘然的苦笑。

「柳奈太太和她丈夫在一起快樂嗎？」

「噢，我想是的。」

「沒有爭吵？」

微笑搖頭的動作再度出現。

「我真的不知道，探長先生。他們住的那邊跟這裡相當隔離。」

「她和羅倫斯·布朗先生非常友好，對吧？」

瑪格達．柳奈僵住了。她張大眼睛，以譴責的眼光看著泰文勒。

「我不認為你該問我這種問題，」她高傲地說，「布蘭達對任何人都相當友好。她是個非常和善的人。」

「你喜歡羅倫斯．布朗先生嗎？」

「他非常安靜，非常溫和，你幾乎察覺不到他的存在。其實我也不常見到他。」

「他的教學令人滿意嗎？」

「我想是的。我真的不清楚。菲力浦好像相當滿意。」

泰文勒嘗試一些「震撼」的手腕。

「對不起這樣問你……在你看來，布朗先生和布蘭達．柳奈太太之間有沒有任何戀情存在？」

瑪格達站了起來。十足一副老祖母的架式。

「我從沒發現過這種事，」她說，「探長先生，我真的不認為你該問我這個問題。她可是我公公的太太。」

我幾乎要鼓掌叫好。

探長也站了起來。

「那比較像是個該問僕人的問題？」他暗示說。

瑪格達沒有回答。

「謝謝你，柳奈太太。」探長說完走了出走。

「你表演得漂亮極了，親愛的。」蘇菲亞熱情地對她母親說。

瑪格達若有所思地捲起她耳後方的一綹頭髮，看著鏡子裡的自己。

「是……是的，」她說，「我想這樣演是對的。」

蘇菲亞看著我。

「你不是應該跟探長一起去嗎？」她問道，

「嗯，蘇菲亞，我該怎麼……」

我停了下來。我無法當著蘇菲亞母親的面，問她我到底該扮演什麼角色。瑪格達．柳奈到目前為止對我的出現未曾產生任何興趣……就那次除外吧，那時她把我當作她稱讚女兒那句「退場詞」的對象。我對她可以是個記者、是女兒的未婚夫，或是一個身分不明的警方人員，或甚至是葬儀社的人……對瑪格達．柳奈來說，這些角色對她都一樣，只是她的觀眾而已。

柳奈太太低頭看著她的雙腳，不滿意地說：「這雙鞋子不對，太輕浮了。」

在蘇菲亞急促的搖頭示意之下，我順從地匆忙出門去找泰文勒。我在外頭的門廳裡找到他，他正穿門走到樓梯口。

「我要上樓去見那位哥哥。」他解釋說。

我對他提出我的難處，免得以後麻煩。

「聽我說，泰文勒，我到底是誰？」

他顯得相當驚訝。

「『你到底是誰』？」

「是的，我在這屋子裡是要幹什麼？如果有人問我，我該怎麼說？」

「噢，我明白了。」他考慮了一會兒後笑著說：「有沒有人問過你？」

「哦，沒有。」

「那麼為何不就維持現狀。永遠不要解釋——這是個很好的座右銘。特別是在這棟人心惶然的屋子裡。他們每個人都各自有太多的煩惱和恐懼，根本沒有心情問問題。只要你表現出一副自信的樣子，他們就會視你為理所當然。說出任何不必要的話是一大錯誤。嗯，現在我們上樓去，門沒鎖。當然我希望你了解，我所提問的問題全都是胡言亂語！誰在屋子裡、誰又不在，或是他們事發當天在什麼地方，根本就不重要……」

「那麼為什麼……」

他繼續說下去。

「因為這至少為我提供藉口看看他們所有的人，我可以打量他們，聽聽他們說些什麼，同時希望——純粹是碰運氣——有人可以給我一些有用的指標。」他沉默了一會兒，才喃喃說道：「我敢打賭瑪格達·柳奈一定可以說出不少事情——如果由得了她的話。」

「她的話可靠嗎？」我問道。

「噢，不，」泰文勒說，「她說的話未必可靠，卻可以打開一條調查的路線。屋子裡的每個人都有機會下手，也都有下手的工具。我需要的是犯罪動機。」

在樓梯頂端，有一道門阻斷了右邊的走道。門上有個銅環，泰文勒用力而適中地敲了敲。

一定是個正巧站在門邊的人猛然打開了門。他是個笨拙的彪形大漢，雙肩孔武有力，一頭蓬鬆的黑髮，一張非常難看卻相當和藹的臉。他兩眼看著我們，然後迅速移開，態度有如羞怯、老實的人那樣暗自感到尷尬。

「噢，」他說，「進來。是的，進來。我正要去……不過沒關係，到客廳來。我去找克里夢絲來……噢，你在那裡，親愛的。是泰文勒探長。他……有沒有菸？稍等一下，如果你們不介意……」

他撞到了一面屏風，有點狼狽地對它說了聲「對不起」，然後走了出去。

那就像一隻大黃蜂飛走了，留下了大片的沉寂。

羅傑·柳奈太太正站在窗邊。我霎時被她的氣質和屋子裡的氣氛所迷惑住了。

我確信，這確確實實是她的房間。

牆壁漆的是白色……真正的白色，不像一般室內裝潢時所指的象牙白或是乳白。牆上沒有掛畫，除了壁爐上的一幅，一幅由暗灰色和戰艦藍的三角形所構成的幾何圖形抽象畫作。室內幾乎沒有任何家具，只有一些必要的用具，三、四把椅子，一張玻璃面書桌，一座小書架。沒有任何裝飾品。有的是光線、空間和空氣。這跟樓下那間處處花團錦簇的大客廳迥然不同，那就有如白堊與乾酪。而羅傑．柳奈太太和菲力浦太太也是不同類型的女人。瑪格達．柳奈讓人覺得她可以變換——而且經常變換——六種以上的不同角色；而克里夢絲．柳奈，我確信，是完完全全的她。她是個個性非常明確、敏銳的女人。

我想，她大約五十歲。她的頭髮是灰色的，剪得非常短，幾乎像伊頓公學學生的「西瓜頭」一般，然而它們長在她造型美好的小小頭顱上卻是那麼地美，沒有那種髮型常顯露的醜陋感。她有張聰慧、敏感的臉，一對淺灰色的眼睛炯炯有神，似是可以看透人心。她穿著一件樣式簡單的暗紅色毛料洋裝，和她苗條的身材搭配得十全十美。

我立即感覺到，她是個神經質的女人……我想是因為我判斷她生活的規範可能和一般的女人不同。我立刻了解到為什麼蘇菲亞把「冷酷」這個字眼用在她身上。房間陰冷，令我有點顫抖。

克里夢絲．柳奈以教養十足的平靜聲音說：「請坐，探長。有沒有進一步的消息？」

「死因是服食伊色林造成的，柳奈太太。」

她若有所思地說：「這麼說是謀殺了？不可能是意外吧？」

「不可能，柳奈太太。」

「等會兒對我先生說明時，請委婉一點，探長。這會嚴重影響到他的情緒。他十分崇拜父親，而且他的感情非常脆弱，是個感性的人。」

「你和你公公處得來吧，柳奈太太？」

「是的，我們處得相當好。」她平靜地加上一句：「但我不是非常喜歡他。」

「為什麼？」

「我不喜歡他的一些生活目標，還有他達到這些目標的手段。」

「那麼，布蘭達．柳奈太太呢？」

「布蘭達？我不常見到她。」

「你認為她和羅倫斯．布朗先生之間是不是有什麼……」

「你是說，某種戀情？我不認為。但我真的無從得知。」

她的聲音聽來全然淡漠。

羅傑．柳奈有如大黃蜂般地又匆匆飛回來了。

「我被耽擱了，」他說，「有通電話。怎麼樣，探長先生，怎麼樣？有沒有任何消息？我父親是什麼原因致死的？」

「伊色林中毒。」

「是嗎？我的天啊！那麼，就是那個女人！她等不了了！他讓她脫離了貧民窟，而這就是他得到的回報。她殘酷地謀殺了他！天啊，想起來就叫我冒火。」

「你這樣說有沒有任何特別的理由？」泰文勒問道。

羅傑雙手扯著頭髮，走過來走過去。

「理由？哈，還有可能是誰？我一向就信不過她，從來就不喜歡她！我們沒有任何人喜歡她。爸爸那天回來告訴我們說他娶了她時，菲力浦和我都大吃一驚！他那種年齡……瘋了，真是瘋了！爸爸是個有趣的人，探長先生。在智能上，他還是像個四十歲的人一樣年輕、清新。我此生所有的一切都是他給我的，他替我做了每一件事，他有求必應，從不讓我失望。倒是我讓他失望了，我一想起……」

他重重地跌坐到一張椅子上。他太太平靜地走到他身旁。

「夠了，羅傑，不要折磨自己。」

「我知道，親愛的，我知道……」他握住她的手。「但我怎麼冷靜得了？我怎能不……」

「可是我們大家都必須冷靜，羅傑。泰文勒探長需要我們的幫忙。」

「沒錯，柳奈太太。」

羅傑叫了起來。

「你知道我想幹什麼嗎？我想要親手掐死那個女人。她就容不得那位可愛的老人家多活幾年？如果她人在這裡，我……」他跳了起來，憤怒得全身顫抖。他伸出抽搐的雙手。「是的，我會扭斷她的脖子，扭斷她的脖子……」

「羅傑！」克里夢絲厲聲說。

他看著她，臉紅了起來。

「對不起，親愛的。」他轉向我們。「我很抱歉，一時控制不了情緒。我……對不起……」

他再度走出房間。

克里夢絲淡淡一笑說：「你們知道，他連一隻蒼蠅都不忍心傷害，真的。」

泰文勒禮貌地接受她的說明。

然後他開始所謂的例行問話。

克里夢絲・柳奈精確、簡明地應答。

羅傑・柳奈在他父親去世那天人在倫敦，在聯合筵席公司的總部。他當天下午早早就回來，如同往常一般跟父親聊了一段時間。她自己也如同往常一般，在高爾街她工作的蘭伯特公司上班。快到六點時，她才回到家。

「你當天有沒有見過你公公？」

「沒有。我最後一次見到他是在前一天。我們午飯之後跟他一起喝了咖啡。」

「但是你在他去世那天沒見過他？」

「沒有。但我去過他住的那一邊，因為羅傑把他的菸斗留在那裡忘了帶回來——那是一支非常珍貴的菸斗。不過因為他的菸斗就放在門廳的桌上，所以我沒有打擾到老人家。他經常六點左右就開始打瞌睡。」

「你知道他發病了是在什麼時候？」

「布蘭達匆匆忙忙跑來，大約是在六點三十一、二分。」

如同我所知道的，這些問題並不重要，但是我注意到泰文勒探長對回答這些問題的這個女人是多麼地留意。他問了她的工作。她說和原子分裂的放射研究有關。

「你是從事原子彈研究工作？」

「是不具摧毀性的研究。這個機構是在進行醫療方面的實驗。」

泰文勒站了起來，表示他想四處看看這一邊的房子。她似乎有點訝異，不過還是泰然地帶他四處去看。那間有著雙人床、鋪著白色床單和簡單化妝用品的臥房，再度讓我想起了醫院或是修道院。浴室也是簡單樸素，沒有豪華的衛浴設備，也沒有成排的瓶瓶罐罐。廚房一塵不染，沒有鋪設地毯，只有實用、省事的炊事用具。然後我們來到一道門前，克里夢絲打開門說：「這是我先生專用的房間。」

「進來，」羅傑說，「進來。」

我微微鬆了一口氣。其他空間的儉樸潔淨令我透不過氣來。這卻是個十足個人化的房間。一張桌面可以捲縮的書桌上，七零八落地布滿了紙張、舊菸斗和菸灰；幾張破舊的大安樂椅；地上鋪著波斯地毯；牆上掛著各種有點褪了色的合照，學生合照、板球隊員合照、軍人合照等等。還有沙漠、寺塔、帆船、海濱以及夕陽等等的水彩寫生畫。這是個令人感到愉快的房間，一個可愛、友善、合群的男人房間。

羅傑笨拙地倒酒，把一張椅子上的書本、紙張掃落在地。

「這地方亂七八糟的。我正在整理東西，清除一些舊文件……夠了就說一聲。」

他要幫探長倒酒，探長婉謝，我接受了。

「剛剛真是對不起，」羅傑繼續說，把酒遞給我，同時轉頭向泰文勒說，「我的情緒控制不了。」

他幾近於慚愧地看看四周，不過克里夢絲．柳奈並沒有跟我們一起進來。

「她真是完美極了，」他說，「我是說，我太太。自始至終，她都棒透了，棒透了！我說不出我有多欽佩那個女人。她經歷了一段非常艱苦的時期……可怕的時期。我可以告訴你們一下……我是說，結婚之前的事。她的第一任丈夫是個好人……我是說，腦筋好；但是身體糟得很，事實上是患有結核病。他從事結晶學中極具價值的研究工作，我相信。待遇很不好，而且工作很吃力，但是他不放棄。她替他做牛做馬，緊守著他，心知他隨時都會把命丟掉，卻從來不抱怨，毫不厭倦。她總是說她過得很快樂。後來他死了，她無依無靠；最後她同意嫁給我。我很高興我能帶給她一些快樂，讓她歇息一下。我真希望她不要再工作。不過，當然啦，她覺得在戰時那是她的義務，而她現在似乎仍然覺得她應該繼續做下去。她是個好妻子，男人所能找到的最好妻子。啊，我真是幸運！我願意為她做任何事。」

泰文勒得體地回應一句，然後再度開始例行問話。他什麼時候知道父親病了？

「布蘭達匆匆忙忙來找我，說我父親病了，突然發病。我那天半個小時之前才和他在一起坐著聊天。當時他還好端端的。我連忙趕過去。他的臉色發青，喘不過氣。我衝到樓下找菲力浦。他打電話找醫生。我……我們一籌莫展。當然，我做夢也沒想到有什麼不對勁的事。不對勁？我是說不對勁嗎？天啊，我用的是什麼字眼。」

泰文勒和我費了一點力氣離開羅傑．柳奈那間氣氛感傷的房間，出到門外，再度站在樓梯頂端。

「咻！」泰文勒說，「他和他弟弟是多麼強烈的對比。」他有點不切題地加上一句：「奇怪的地方、房子。可以讓你了解不少住在裡面的人。」

我同意他的說法。他繼續說下去。

「人們結婚的原因也都很奇怪，不是嗎？」

我不太確定他指的是不是克里夢絲和羅傑，或是菲力浦和瑪格達。他這句話對兩者都適用。然而，在我看來，這兩樁婚姻都可劃歸為幸福的婚姻。羅傑和克里夢絲的婚姻顯然是幸福的。

「我不認為他是個下毒者，你說呢？」泰文勒問道，「這不是個臨時起意的謀殺案，我不認為是。當然啦，這也難說。她倒比較可能。冷酷的女人，可能有點瘋。」

我再度同意。

「但我不認為，」我說，「她會單純因為不贊同某個人的生活方式和目標而謀殺那個人。當然，如果她真的非常痛恨那個老人……可是，有任何凶手是單純為了恨而殺人嗎？」

「非常少，」泰文勒說，「我自己倒從未見過。不，我想我們還是盯住布蘭達太太為佳。但是天曉得我們能不能找到任何證據。」

08

一個女僕幫我們打開對面房間的房門。她看到泰文勒時一臉驚嚇卻又帶點不屑的神情。

「你要見女主人？」

「是的，請帶路。」

她帶我們進入一間大客廳，隨即退下。

這個房間的格局跟樓下那間客廳一樣。窗簾是色彩華麗的印花棉布和條紋絲綢。壁爐上方的一幅肖像把我的視線緊緊吸引住……不只是因為它出自大師的手筆，而且是因為畫中人那一張扣人心弦的臉。

畫中是一位有著銳利黑眼睛的矮小老人，戴著黑色天鵝絨無邊便帽，頭部縮進雙肩，但是這個人的活力、威勢卻從畫布上放射出來。那閃爍的雙眼好像正直視著我。

「那就是他，」泰文勒探長說，「約翰．奧古斯都畫的。很有個性，不是嗎？」

「是的。」我說，覺得這還不足以形容。

我現在才了解哈薇蘭小姐說這屋子裡沒有他好像變得空蕩蕩的意思，他就是建造這棟畸形小屋的小矮人，沒有了他，這棟歪歪扭扭的小屋就失去了它的意義。

「那位是他的第一任太太，沙金特畫的。」泰文勒說。

我審視著掛在兩扇窗子之間那片牆面上的畫像。就像沙金特的其他畫作，它帶有某種冷酷的味道。臉的長度誇張——有點令人想起馬臉——細節絕對準確。這是一幅典型英國仕女的畫像，鄉間仕女。漂亮，但是有點缺乏生氣。這位妻子和壁爐上那個精力充沛的矮小男人全然不相配。

房門打開，藍姆巡佐跨步進來。

「我已經在僕人身上盡了力了，長官，」他說，「可是沒得到什麼。」

泰文勒嘆了一口氣。

藍姆巡佐拿出筆記本，退到室內一角，謙遜地坐了下來。

房門再度打開，亞瑞士泰．柳奈的第二任太太走了進來。

她穿著黑色洋裝……非常昂貴的洋裝，而且領高及頸，袖長及腕，整個人被包在黑色裡。她走起路來懶洋洋的，和那身素黑很相配。她的臉還算漂亮，一頭漂亮的棕色頭髮梳理得過於精巧。她的臉上脂粉適宜，搽著口紅，不過看得出來她剛哭過。她戴著一串大珍珠項鍊，一隻手戴著一枚翡翠大戒指，另一手則是大紅寶石戒指。

我還注意到她另一點，那就是她的表情恐懼。

「早安，柳奈太太，」泰文勒安閒地說，「對不起，不得不再次麻煩你。」

她以平板的聲音說：「我想這也是沒辦法的事。」

「你知道的，柳奈太太，如果你希望有律師在場，那是完全合法的。」

我不知道她是否了解這些話的箇中意義，顯然她不了解。她只是有點悶悶不樂地說：

「我不喜歡蓋斯奇先生，我不要他來。」

「你可以自己找個律師，柳奈太太。」

「有必要嗎？我不喜歡律師。他們只會把我搞糊塗。」

「這完全由你自己決定，」泰文勒說著，自動一笑。「那麼，我們就繼續囉？」

藍姆巡佐舔了舔鉛筆尖。布蘭達．柳奈面對著泰文勒在沙發上坐下來。

「你有沒有查出什麼來？」她問道。

我注意到她的手指緊張地扭捏著衣服飾邊。

「我們現在可以明確地說，你丈夫是服食伊色林中毒身亡的。」

「你的意思是說，那些眼藥水害死了他？」

「看來相當明確的是，你上次幫柳奈先生注射時，打進去的是伊色林而不是胰島素。」

「可是我並不知道。我跟那件事無關，真的，探長先生。」

「那麼一定是某個人故意把胰島素換成了眼藥水。」

「多麼邪惡的事！」
「是的，柳奈太太。」
「你認為，是某人故意這樣做的？或是無意的？這不可能是……開玩笑吧？」
泰文勒平順地說：「我們不認為是開玩笑，柳奈太太。」
「一定是某個僕人。」
泰文勒沒有回答。
「一定是，我看不出還有誰會這樣做。」
「你確信？仔細想一想，柳奈太太。你一點看法都沒有嗎？沒有誰心懷惡意？沒有爭吵？沒有嫉恨？」
她仍然以蔑視的大眼睛盯著他。
「我一點都不知道。」她說。
「你說，你那天下午去看電影？」
「是的……我六點半回來……是注射胰島素的時間。我……我……如同往常一般幫他注射，然後他……他整個人怪怪的。我嚇壞了，急忙跑去找羅傑……我上次全都告訴過你了，非得一再重複不可嗎？」她的聲音上揚，變得歇斯底里。
「真是抱歉，柳奈太太。現在我可以和布朗先生談談嗎？」
「和羅倫斯談？為什麼？他什麼都不知道。」

「我還是想和他談談。」

她懷疑地睜大眼睛看著他。

「尤斯達正在教室裡跟他學拉丁文。你要他來這裡嗎？」

「不，我們去找他。」

泰文勒很快地出門去。巡佐和我尾隨他身後。

「你嚇得她一愣一愣的，長官。」藍姆巡佐說。

泰文勒咕嚕一聲。他帶頭上了幾個階梯，沿著一條走道走進一間俯視花園的大房間。一個年約三十的金髮年輕人正和一個英俊、微黑的十六歲男孩坐在一張桌子旁。

我們進門，他們抬起頭來。蘇菲亞的弟弟尤斯達看著我，羅倫斯·布朗以煩惱的眼神盯著泰文勒探長。

我從沒看過像他這樣恐懼到幾近癱瘓的人。他站起來，然後又坐下去，用幾如老鼠般的吱吱聲說：「噢……呃……早安，探長先生。」

「早，」泰文勒簡短地說，「我能跟你談談嗎？」

「是的，當然，太榮幸了。只是……」

尤斯達站了起來。

「你要我離開嗎，探長？」他的聲音愉快，帶點傲慢。

「我們……我們的課可以待會兒再繼續。」家教老師說。

尤斯達旁若無人地大跨步走向門去。他走路的姿勢有點僵硬。就在他穿過門口時，接觸到我的眼光，遂伸出食指往脖子上作勢一橫，露齒一笑，然後隨手把門關上。

「好了，布朗先生，」泰文勒說，「化驗結果相當明確。柳奈先生的死是由伊色林造成的。」

「我……你是說……柳奈先生真的是被毒死的？我還一直希望……」

「他是被毒死的，」泰文勒簡短地說，「有人把胰島素換成了含伊色林的眼藥水。」

「我無法相信……這簡直不可思議。」

「問題是，誰有動機？」

「沒有人。完全沒有人有動機！」年輕人的聲音激動地上揚。

「你不想找你的律師來吧？」泰文勒問道。

「我沒有律師。我不想要律師。我沒什麼好隱瞞的，沒有……」

「你相當了解你所說的會被記錄下來吧。」

「我是清白的……我向你保證，我是清白的。」

「我可沒說你不是。」泰文勒頓了一下。「柳奈太太比她丈夫年輕很多，不是嗎？」

「我……我想是的……哦，我的意思是說，是的。」

「她一定偶爾會感到寂寞吧？」

羅倫斯．布朗沒回答。他用舌頭舔舔乾澀的嘴唇。

「有個年齡和她差不多的伴住在這裡，一定讓她十分開心吧？」
「我……不，完全不是這樣……我的意思是說……我不知道。」
「在我看來，你們之間彼此吸引應該是相當自然的事。」
年輕人激烈地抗議。
「不！不！沒有這種事！我知道你在想什麼，但是並非如此！柳奈太太一向對我非常好，而我非常……非常尊敬她，就只是這樣，我可以向你保證，就只是這樣。做那種暗示是荒謬的！荒謬！我不會殺害任何人，或是動藥瓶的手腳，或是任何這類的事。我非常敏感，而且高度神經質。我……光是殺人這個念頭，對我來說就已經像是夢魘一般──我有宗教信仰，反對殺戮。其實，我常做些慈善工作……看管鍋爐，非常吃力的工作，我做不下去……他們讓我擔任教育工作。我在這裡盡我最大的能力教導尤斯達和喬瑟芬，他們都是非常聰明的孩子，可是相當難以駕馭。每個人都對我非常好──柳奈先生、柳奈太太，還有哈薇蘭小姐。如今這件可怕的事情發生……而你懷疑我……我……殺人！」
泰文勒探長慢慢以感興趣的眼光打量著他。
「我沒這樣說。」他說。
「可是你這樣想，我知道你這樣想！他們全都這樣想。他們全都那樣看著我。我……我無法再跟你說下去了，我人不舒服。」
他匆匆走出去。泰文勒慢慢轉過頭來看看我。

「怎麼樣，你對他有什麼看法？」

「他嚇壞了。」

「是的，我知道，不過，他是凶手嗎？」

「如果你問我，」藍姆巡佐說，「我覺得他沒那個膽。」

「他是不會砸爛人家的頭，或是開槍殺人，」探長同意說，「但是就這個特別的案子來說，凶手需要做的是什麼？不過是動動藥瓶的手腳……幫助一個年紀老邁的老人以較不痛苦的方式離開這個世界而已。」

「特別的安樂死。」巡佐說。

「然後，或許在經過一段時期之後，再和一個繼承了十萬英鎊遺產的女人結婚……這女人本身早有了相同數目的財產，還擁有各種珍珠、紅寶石、翡翠，每一顆都大得像蛋一樣！啊……」泰文勒嘆了一口氣。「這全都是假設和推測！我是嚇到他了沒錯，但那並不能證明什麼。如果他是無辜的，照樣會嚇破膽。而且不管怎麼說，我倒懷疑是不是他幹的。比較可能是那個女的……只是，為什麼她不把那個胰島素藥瓶丟掉或是沖洗乾淨？」他轉向巡佐。「僕人那邊沒有指證他們有曖昧的行為？」

「女僕說他們彼此愛慕。」

「有什麼依據？」

「她幫他倒咖啡時，注意到他看她的樣子。」

「這哪算得上什麼證據，根本上不了法庭！他們確實沒有輕薄的行為？」

「沒有人看過。」

「要是有什麼的話，他們一定會看到。你知道，我開始相信他們之間真的沒有見不得人的事。」他看著我。「回去和她談談。我想知道你對她的印象。」

我半勉強、半感興趣地離去。

09

我發現布蘭達・柳奈正坐在我們離開時的地方。我一進門，她猛然抬起頭來。

「泰文勒探長在哪裡？他會回來嗎？」

「還不會。」

「你是誰？」

我終於被問到我整個上午一直預期會被問到的問題。

我照實回答。

「我和警方有關，不過我也是這家人的朋友。」

「這家人！全是禽獸！我痛恨他們所有的人。」

她邊動著嘴巴，邊看著我。她看來陰鬱、害怕而氣憤。

「他們對我很惡劣，一直都是，打從一開始便是。為什麼我不能和他們的寶貝爸爸結婚？這跟他們有什麼關係？他們全都得到了一大堆錢，他給他們的，他們才沒有那個本事自己去賺！」

她繼續說：「一個男人為什麼不可以再娶，即使他已有點老了？其實他根本不老，他自己不覺得老。我非常喜歡他。我喜歡他。」

她以挑釁的眼光看著我。

「我明白，」我說，「我明白。」

「我想你並不相信，但這是事實。我對男人反感，我想要有個家，我想要有一個人對我噓寒問暖，對我說些好聽的話。亞瑞士泰會對我說些甜蜜的話，會逗你發笑，而且他很聰明，他想出種種聰明的辦法跟那些可笑的法令兜圈子。他非常非常聰明。他死了我並不高興，我感到難過。」

她躺回沙發背上。她嘴巴有點寬大，此時歪向一旁，露出睡意朦朧的怪異笑容。

「我在這裡很快樂，感到十分安全。我上遍那些高級的裁縫店……我在報章雜誌上看到的那種，我過得很好，亞瑞士泰會給我一些可愛的東西。」

她伸出手，看著手指上戴著的紅寶石。

一時之間，我覺得她那伸出來的手就像是貓爪，而她的聲音在我聽來就像是一隻心滿意足的貓發出的咕嚕聲。她仍然自顧自地微笑著。

「這有什麼不對？」她問道。「我對他好，我讓他快樂。」她趨身向前。「你知不知道我是怎麼認識他的？」

她沒等我回答就繼續下去。

「是在『酢漿草』餐廳。他叫了一份吐司夾蛋，我端給他時我正在哭。『坐下來，』他說，『告訴我怎麼啦？』『噢，我不能，』我說，『要是我這樣做會被開除的。』『不，你不會，』他說，『這地方是我的。』我不禁睜大眼睛看著他。好古怪的小老頭，起初我這樣想……不過他有種威嚴。我把一切告訴了他。我想你已經從他們那裡聽到過了，也認為我是個壞女人，但我不是。我從小被用心地扶養長大，我們有一家店面，非常高級的店面，是藝術刺繡店。我不是那種男朋友一大堆或是自我作踐的女孩。可是泰瑞不同。他是愛爾蘭人，而他那時出國去了……他從不寫信或什麼的。我想我是個傻瓜，你知道，就這樣，我有了麻煩……就像一些可怕的小侍女一樣……」

她的聲音有種俗不可耐的倨傲感。

「亞瑞士泰好極了。他說一切都會沒事的，他說他寂寞。他說我們馬上結婚。這就像一場夢。後來我才發現他就是那個偉大的柳奈先生，擁有大量的商店、餐館和夜總會。這簡直就像童話故事一樣，不是嗎？」

「童話故事的一種。」我淡淡地說。

「我們在一家小教堂結婚，然後出國去。」

「孩子呢？」

她以猛然從遙遠的過去拉回來的眼光看著我。

「根本就沒有孩子，是我弄錯了。」

她微微一笑，嘴唇往一旁翹去，是種歪歪扭扭的微笑。

「我發誓要做他的好妻子，而我真的做到了，我替他準備他喜歡吃的東西，穿他喜歡看的衣服，盡我所能取悅他。他感到快樂。但我們一直擺脫不了他的家人。他們都是靠掏他的腰包過活。哈薇蘭小姐……我認為他一結婚她就應該離開，我這樣說過。可是亞瑞士泰說：『她在這裡很久了。現在這裡已經是她的家。』事實上，他喜歡他們都在這裡，被他踩在腳下。他們對我很惡劣，但他好像從不注意或介意。羅傑恨我……你有沒有見過羅傑？他一直很恨我，他是在嫉妒。而菲力浦從來不跟我說話。現在他們都硬說是我謀殺了他，可是我沒有……我沒有！」她傾身趨向我。「請相信我，我沒有。」

我發現她非常可憐。柳奈一家人提起她時那種輕視的樣子，他們認為她犯下了這樁罪案的憤慨神情……如今，就在此刻，一切看來都是十足不人道的行為。她孤單無助，毫無抵抗能力，被人團團圍剿。

「而且他們認為兇手如果不是我，就是羅倫斯。」她繼續說下去。

「羅倫斯這人怎麼樣？」我問道。

「我替羅倫斯感到非常難過。他的身體很弱，不能去當兵打仗；並不因為他是個懦夫，而是因為他太敏感。我試著幫他振作起來，讓他感到快樂，他不得不教那兩個可怕的小孩。

尤斯達總是嘲笑他，而喬瑟芬……哦，你見過喬瑟芬了，你知道她是什麼樣子。」

我說我還沒見過喬瑟芬。

「有時候我覺得那個孩子頭腦有問題。她渾身鬼鬼祟祟的，看起來古里古怪……有時候讓我毛骨悚然。」

我不想談喬瑟芬。我把話題帶回羅倫斯．布朗身上。

「他是誰？」我問道，「他從什麼地方來的？」

我問得很笨拙。她臉一陣紅。

「他不是什麼特別的人物。他就像我……我們能有什麼勝算對抗他們？」

「你不覺得你有點太歇斯底里了？」

「不，我不覺得。他們硬認為是羅倫斯幹的……或是我幹的，他們把那個警察拉到他們那邊去了，我有什麼機會？」

「你不必太激動。」我說。

「為什麼就不可能是他們哪一個殺死他的？或是個外人？或是僕人？」

「因為缺乏動機。」

「噢！動機。我有什麼動機？或是羅倫斯？」

我感到不自在地說：「我想，他們可能認為，你和……呃，羅倫斯，彼此相愛……你們想要結婚。」

她倏地坐直起來。

「這種暗示真是邪惡！而且這不是事實！我們彼此之間從沒講過那一類的話。我只是替他感到難過，想要鼓舞他。我們一直是朋友，如此而已。你是相信我的，對吧？」

我的確相信她。也就是說，我相信她和羅倫斯，如同她所說的，僅僅是朋友而已。但是我也相信，實際上她是愛上了那個年輕人，也許她自己並不知道。

我帶著這個想法，下樓去找蘇菲亞。

當我正要走進客廳時，蘇菲亞在走道前頭的一道門口探頭出來。

「嗨，」她說，「我在幫姆媽做午餐。」

我走過去，她卻馬上邁到走道上，隨手關上門，挽起我的手臂走進客廳，客廳裡沒人。

「怎麼樣，」她說，「你見過布蘭達沒有？你認為她怎麼樣？」

「坦白說，」我說，「我替她感到難過。」

蘇菲亞顯得驚奇。

「我明白，」她說，「就是說，她說服了你。」

我感到有點憤慨。

「問題是，」我說，「我能了解她的立場。但顯然你不能。」

「什麼立場？」

「你老實說，蘇菲亞，自從她來到這裡之後，你們家有沒有人曾經對她好過？或者公平地對待過她？」

「沒有，我們從沒對她好過。為什麼我們該對她好？」

「不說別的，就為了最基本的基督仁慈精神。」

「好個高尚的道德論調，查理。布蘭達一定表演得非常成功。」

「真是的，蘇菲亞，你好像……我不知道你是怎麼了！」

「我只不過是坦誠以告。你了解布蘭達的立場，這是你說的。現在聽聽我的看法。我不喜歡專門編造艱苦的遭遇好嫁給一個有錢老人的年輕女人。我有當然的權利不喜歡這種女人，我不需要假裝喜歡。就算她的話是如假包換的事實，你也不會喜歡那個年輕女人。」

「她的故事是編造出來的？」我問道。

「關於有了孩子？我不知道。我個人認為是編出來的。」

「而你氣憤你祖父上了當？」

「噢，祖父並沒有上當。」蘇菲亞大笑出聲。「祖父不會上任何人的當。他要布蘭達。他想將計就計，扮演英雄救美，娶到一個奴婢。他知道他在幹什麼，而且一切按照計畫進行，順利極了。從祖父的角度來看，這樁婚姻完全成功，就像他所有的事業一樣。」

「聘用羅倫斯．布朗為家庭教師是不是你祖父的另一項成功？」我嘲諷地問道。

蘇菲亞皺起眉頭。

「你知道，我不確定這是不是他的另一次成功，他希望布蘭達快樂、幸福。也許他認為光是珠寶衣服還不夠。也許他覺得她想在生活中增添一點羅曼史。他也許料到像羅倫斯·布朗那樣的人，那般溫馴的一個人，可以利用一下。一份美麗、感傷的純精神友誼，可以阻止布蘭達和外頭的人有染。我不認為祖父做不出這種計畫。你知道，他是個很邪門的老人家。」

「他應該是。」我說。

「當然，他不可能預見這竟會導致謀殺……而這個，」蘇菲亞突然激烈地說，「就是我並不真的相信是她犯案的真正原因，雖然我很希望是這樣。如果她計畫謀殺他，或是如果她和羅倫斯一起計畫，祖父應該早就知道。這恐怕對你來說好像有點牽強附會……」

「我必須承認的確是。」我說。

「但是你不了解祖父。他當然不會假裝不知道人家要謀殺他！所以你看，我面對的是一面白牆。」

「她感到害怕，蘇菲亞，」我說，「她非常害怕。」

「怕泰文勒探長和他的那一群手下？是的，也許他們是有點嚇人。我想，羅倫斯大概正在歇斯底里的狀態中吧？」

「確實。他真是醜態畢露。我不明白女人會看上那種男人哪一點。」

「你不明白嗎，查理？實際上羅倫斯很性感。」

「憑那副弱不禁風的樣子？」我難以置信地說。

「為什麼男人總是認為野蠻才能吸引異性？羅倫斯就是性感……但是我不指望你會了解

這一點。」她看著我。「布蘭達完全迷住你了。」

「不要胡說。她甚至不算漂亮。而且她根本沒有……」

「施展魅力？是沒有，她只是讓你為她難過。她實際上並不美，一點也不聰明，但是她有非常特出的性格……她很能興風作浪，她已經在你我之間製造了麻煩。」

「蘇菲亞！」我吃驚地大叫。

蘇菲亞走向門去。

「算了，查理。我得去準備午餐。」

「我去幫忙。」

「不，你留在這裡。有個男人在廚房會讓姆媽驚惶失措。」

「蘇菲亞……」她走出去時我叫她。

「什麼事？」

「是有關僕人的問題。為什麼你們樓上樓下都沒有一個穿著圍裙、戴著小帽的僕人幫我們開門？」

「祖父請了一個廚子、一個做家事的女傭、一個侍奉客人茶點的女僕和一個隨身侍僕。他喜歡這些僕人，他付他們很高的薪水，當然，他們也對他忠心耿耿。克里夢絲和羅傑只有白天來的一個清潔婦為他們服務。他們不喜歡僕人……或者該說是克里夢絲不喜歡。要是羅傑不每天在城裡吃一頓大餐，他會餓死。克里夢絲所謂的吃飯就只是吃些萵苣、馬鈴薯和生胡蘿蔔。我們曾經有段時間請了僕人，後來媽媽有一次大發脾氣，他們就都走了；然後我們就以白天的幫傭和全天的僕人輪流聘雇。現在正值我們請白天幫傭的時期。保母是長住的傭人，以備緊急之需。現在你了解了吧。」

蘇菲亞走了出去。我癱坐在一張緞面大椅上，全心思索著。

我已經在樓上聽取了布蘭達那一造的說法。現在我又了解了蘇菲亞這一面的看法。我能認同蘇菲亞的觀點確無偏頗——那可以稱之為柳奈家人的觀點。他們氣憤一個陌生人用他們認為的卑鄙手段闖進了他們家。他們絕對有權利不滿。如同蘇菲亞所說的，這個事實可不好受……

不過，此事還有人性的一面……有我所了解而他們並不了解的一面。他們是——一直都是——富家子弟，他們完全不了解在現實生活中居於劣勢者所受到的誘惑。布蘭達．柳奈渴求財富、美好的事物和安全感……還有一個家。她以讓她的老丈夫快樂來換取這一切。我同情她。當然，當我和她談話時，我是同情她，但現在我是不是仍然那樣？

問題有兩面，是不同角度的看法，但哪一個角度是真實的？真實的角度……

我前一晚睡得很少。我提早起床陪泰文勒一起來這裡。現在，在瑪格達．柳奈客廳溫暖的花香裡，我的身體在大墊枕的擁抱之下鬆懈下來，我的眼皮下垂……

想著布蘭達，想著蘇菲亞，想著那老人的畫像，我的思路逐漸朦朧起來。

我睡著了……

10

我逐漸清醒過來，以至於起初還不知道我剛剛睡著了。花香撲鼻，在我眼前有個白色的圓形小斑點在浮動。過了幾秒鐘，我才知道我所看到的是一張人臉……一張在我一兩呎外懸浮著的臉。當我的官能知覺恢復之後，我的視線變得較為精確。那張臉仍然一副小精靈的模樣……一張圓圓的臉，有著鼓鼓的眉毛，往後梳的頭髮，有點像圓珠子的黑色小眼睛。不過這張臉是確確實實連在身體上的……瘦骨嶙峋的小身體。它正熱切地注視著我。

「嗨。」它說。

「嗨。」我眨眨眼回答。

「我是喬瑟芬。」

這我已經推斷出來。蘇菲亞的妹妹，喬瑟芬，據我看，大約是十一、二歲，是個醜得出奇的小孩，長得跟她祖父非常像。在我看來她可能也具有和他一樣的頭腦。

「你是蘇菲亞的男朋友。」喬瑟芬說。

我回說她說得沒錯。

「但你是和泰文勒探長一道來的。為什麼你和泰文勒探長一道來？」

「他是我的朋友。」

「是嗎？我不喜歡他。我不會告訴他那些事情。」

「什麼樣的事？」

「我知道的一些事。我知道很多事，我喜歡知道事情。」

她在椅子的扶手上坐下來，繼續審視我的臉。我開始感到相當不自在。

「爺爺被謀殺了，你知道嗎？」

「是的，」我說，「我知道。」

「他被下了毒。用伊—色—林毒死的。」她非常謹慎地說出「伊色林」三個字。「很有趣，不是嗎？」

「我想是的。」

「尤斯達和我非常感興趣。我們喜歡偵探故事，我一直想要做偵探，我現在就是。我正在蒐集線索。」

我感到她是個相當殘忍的小孩。

她又開始問：「那個和泰文勒探長一起來的人也是個警探吧？書上說，你可以從他們穿的靴子看出他是不是便衣警探。可是這個警探穿的是小山羊皮鞋。」

「規矩改了。」我說。

喬瑟芬根據她自己的想法來解釋這句話。

「是的，」她說，「這裡就要有很多改變，我想。我們會住到倫敦堤防邊的一棟房子裡。媽媽早就想搬過去了，她會非常高興。我不認為爸爸會在意，只要他的那些書也一起搬過去。他以前負擔不起，因為姬色波虧了很多錢。」

「姬色波[1]？」

「是的，你沒去看過嗎？」

「噢，那是一齣戲嗎？沒有，我沒看過。我人在國外。」

「沒有上演太久，實際上，是票房奇慘。我不認為媽媽適合演那種角色，你覺得呢？」

我對照一下我對瑪格達的印象。不管是穿著桃色家常服的她，或是穿著特製套裝的她，都沒有給人任何「淫婦」的感覺，不過我相信還有另一個我尚未看到的瑪格達。

「也許不適合。」我謹慎地說。

「爺爺就說那齣戲會大大失敗，他說他不會花任何錢贊助那些歷史宗教劇，他說票房絕對不會成功。但是媽媽非常熱中。我自己也不太喜歡。那一點也不像聖經上原來的故事。我的意思是說，那齣戲裡的姬色波不像聖經記載的那樣邪惡，她在戲裡變得十分愛國而且相當善良。這樣整齣戲就變得很沉悶乏味了。不過，結尾還不錯，他們把她從窗口丟出去。只有兩隻狗過去吃她。我想這有點可怕，你不認為嗎？我喜歡狗猛吃她的那部分。媽媽說你總不能把那麼多狗弄上舞台，可是我不明白為什麼不可以。你可以找一些演員狗。」她興高采烈地引述，「『牠們把她吃得只剩下兩隻手掌。』為什麼牠們不吃她的手掌呢？」

「我不知道。」我說。

「狗不會那麼特別吧。我們家的狗就不，牠們什麼都吃。」

喬瑟芬出神地想了這個聖經神話幾秒鐘。

「我很遺憾這齣戲賣座慘敗。」我說。

「嗯。媽媽擔心死了，戲評簡直糟透了。她看到時，整整哭了一天，把早餐整盤丟到葛蕾蒂斯身上，葛蕾蒂斯便辭職了。有點好玩。」

「我知道你喜歡戲劇，喬瑟芬。」我說。

「他們替爺爺驗屍，」喬瑟芬說，「以便查出他的死因。他們把驗屍簡稱為P·M，但我認為這個簡稱有點含混不清，你不認為嗎？因為P·M也代表『總理』，還有『下午』。」

她若有所思地加上一句。

「你爺爺死了，你難過嗎？」我問道。

1　以色列王亞哈之妃，引申意為「淫婦」

「不特別感到難過。我不太喜歡他。他不讓我學芭蕾舞。」

「你想學芭蕾舞？」

「是的，媽媽願意讓我學，爸爸不在意，可是爺爺說我跳芭蕾舞沒有用。」

她溜下椅子扶手，踢掉鞋子，賣力地擺出一個踮腳的姿勢。

「當然，得穿上適當的鞋子，」她解釋說，「即使是那樣，有時候你的腳趾頭還是會長膿瘡。」

她把鞋子穿回去，隨意地問道：「你喜歡這棟房子嗎？」

「我不太確定。」我說。

「我想不久就會賣掉了，除非布蘭達要繼續住在這裡。而且我想羅傑伯伯和克里夢絲伯母現在也走不了了。」

「他們原本要離開嗎？」我有點感興趣地問道。

「是的，他們星期二要離開。出國，到某個地方去。他們要坐飛機出去。克里夢絲伯母買了一個輕便的新皮箱。」

「我沒聽說他們要出國去。」我說。

「是呀，」喬瑟芬說，「沒人知道，這是個祕密，他們不打算告訴任何人。他們打算留下一張字條給爺爺。」她補上一句說：「不是把字條釘在針墊上。只有在古時候的書上太太離家出走留字條給先生時才會那樣做。不過如今這樣做也是太笨了，因為現在已經沒人有針墊了。」

「當然他們不會這樣做。喬瑟芬，你知道為什麼你羅傑伯伯要……離開嗎？」

她狡獪地瞄了我一眼。

「我想我知道。是跟羅傑伯伯在倫敦的公司有關。我認為——不過我不確定——他侵占了什麼。」

「你怎麼會這樣想？」

喬瑟芬靠近過來，氣息都噴到我的臉上。

「爺爺中毒的那天，羅傑伯伯跟他一起待在房間裡很久。他們不停地談著話。羅傑伯伯說他很沒用，說他讓爺爺失望——並不是多少錢的問題——是他覺得他不值得他信任。他的情況糟透了。」

我情緒複雜地看著喬瑟芬。

「喬瑟芬，」我說，「沒有人告訴過你，偷聽別人講話是不好的嗎？」

喬瑟芬猛點著頭。

「當然他們告訴過我。可是如果你想查出什麼事情，你就得站在門外偷聽。我敢打賭泰文勒探長一定也會這樣，你不認為嗎？」

我考慮了一下。喬瑟芬激烈地繼續說下去。

「不管怎麼樣，即使他沒這樣做，另外一個也一定會，就是穿山羊皮鞋的那個。而且他們還搜查人家的書桌，看人家的信，把他們的祕密都找出來。只是，他們太笨了！他們不知道要到什麼地方去找！」喬瑟芬高傲地說。

我真夠笨的，沒從她的話再去推論。這討厭的小孩又繼續說下去。

「尤斯達和我知道很多事情……不過我知道的又比尤斯達多。而且我不告訴他。他說女人不可能成為偉大的偵探。但是我說我們能，我要把一切都記在筆記本裡，然後等警方一敗塗地後，我就跟他們說：『我可以告訴你們是誰幹的。』」

「你看過很多偵探故事嗎，喬瑟芬？」

「多得不得了。」

「我想你認為你知道是誰害死了你爺爺？」

「哦，我想是的……不過我還得再多找一些線索。」她頓了頓，加上一句說：「泰文勒探長認為是布蘭達幹的，不是嗎？或者認為是布蘭達和羅倫斯一起幹的，因為他們倆相愛。」

「你不該說這種話，喬瑟芬。」

「為什麼不該？他們是相愛。」

「你不可能判斷得出來。」

「我能。他們彼此通信，寫情書。」

「喬瑟芬！你怎麼知道的？」

「因為我看過。非常感傷的信。羅倫斯是個容易感傷的人。他太害怕了，不敢去打仗，躲到地下室去看管鍋爐。炸彈飛過去時，他總是嚇得臉色發青……真正的發青呢。我和尤斯達笑死了。」

我不知道再下去我會說什麼，因為這時一輛車子在外頭停住的聲音傳了過來。喬瑟芬一溜煙跑到窗口，她那獅子鼻靠在窗玻璃上。

「是誰來了？」我問道。

「是蓋斯奇先生，爺爺的律師。我想他是為了遺囑來的。」

她興奮地匆匆離去，無疑地，是去繼續進行她的偵探活動。

瑪格達．柳奈走進來，令我驚訝的是她向我走過來，握住我的雙手。

「親愛的，」她說，「謝天謝地，你還在這裡。這時候真讓人覺得非常需要有個男人在。」

她放開我的手，走向一張高背椅，稍微挪動一下它的位置，瞄了鏡中的自己一眼，然後從桌上拿起一個小巧的搪瓷擺飾盒，站在那裡，沉思著，打開、蓋上；蓋上、打開。

迷人的姿態。

蘇菲亞從門口探頭進來，小聲警示說：「是蓋斯奇！」

「我知道。」瑪格達說。

過了一會兒，蘇菲亞走了進來，身旁多了一個小老頭，瑪格達放下搪瓷盒，迎向他去。

「早安，菲力浦太太，我正要上樓去。看來好像遺囑的事發生了一些誤解。你先生寫信給我說，遺囑保存在我那裡。根據我的了解，柳奈先生自己說過遺囑是放在他的保險箱裡。我想，你對這件事一無所知吧？」

「關於那位老可愛的遺囑？」瑪格達驚愕地睜大雙眼。「不知道，當然不知道。不會是樓上那個邪惡的女人把它毀了吧？」

「菲力浦太太，」他警告地向她揮揮手指。「你不要妄下斷語。這只是個你公公保存在什麼地方的問題。」

「但是他送去給你……他當然是送去給你了，在簽過名之後。他確實告訴過我們，他已經送去給你了。」

「據我所知，警方已經整理出柳奈先生的私人文件，」蓋斯奇先生說，「我去和泰文勒探長談一下。」

他離去。

「親愛的，」瑪格達叫道，「她把它毀了！我知道我說的沒錯。」

「亂講，媽，她不會做這種傻事。」

「這麼做才不傻。如果沒有了遺囑，那麼一切都是她的。」

「她……蓋斯奇先生又回來了。」

律師再度走進來。泰文勒探長跟他一起，泰文勒後面是菲力浦。

「據我從柳奈先生那裡所了解的，」蓋斯奇說道，「他把遺囑存在銀行裡以保安全。」

泰文勒搖頭。

「我已經跟銀行接洽過。他們說除了一些優良證券之外，他們沒有保管柳奈先生的任何私人文件。」

菲力浦說：「我不知道會不會是羅傑或艾迪絲姨媽……或許吧，蘇菲亞，你去請他們下來這裡。」

然而，羅傑．柳奈，和其他人一起被召來開家庭會議時，卻幫不上忙。

「可是這……荒唐，太荒唐了，」他宣稱。「爸爸簽了遺囑，明確地說他第二天就要寄給蓋斯奇先生。」

「如果我的記憶沒錯，」蓋斯奇先生躺回椅背上，半閉起眼睛說，「我是在去年十一月二十四日把根據柳奈先生的指示所草成的遺囑寄來給他。他確認之後，寄還給我，然後我在適當的時機再把正式遺囑寄來給他簽署。過了一個星期，我冒昧地提醒他，我還沒收到他簽名的遺囑，同時問他是不是想做任何修改。他回信說，他對那份遺囑十分滿意，又說簽過名之後他已經把它寄存到他的往來銀行去了。」

「你說的沒錯，」羅傑急切地說，「是大約去年十一月底……你記得吧，菲力浦？爸爸有天晚上把我們都找去，唸出他的遺囑給我們聽。」

泰文勒轉向菲力浦．柳奈。

「你的記憶是不是也是這樣，柳奈先生？」

「是的。」菲力浦說。

「那場面有點像《遺產》那齣戲，」瑪格達說。她愉快地嘆了一聲。「我一向就認為遺囑本身非常具有戲劇性。」

「蘇菲亞小姐，你呢？」

「是的，」蘇菲亞說，「我記得十分清楚。」

「那麼遺囑的內容呢？」泰文勒問道。

蓋斯奇先生正待回答時，羅傑·柳奈搶在他前頭說：「那是一份十分簡單的遺囑。伊翠特拉和喬伊絲已經去世，爸爸贈與她們的財產自然歸還爸爸。喬伊絲的兒子，威廉，在緬甸一次戰役中喪生，他遺留下來的財產也歸還爸爸。菲力浦和我還有孩子們是僅存的親戚。爸爸說明了這些。他留給艾迪絲姨媽五萬英鎊，十萬英鎊給布蘭達，這棟房子也給布蘭達，或是讓她在倫敦買棟合適的房子，由她自己選擇。剩下來的分成三等份，一份給我，一份給菲力浦，剩下來的一份再由蘇菲亞、尤斯達和喬瑟芬平分，後兩者的兩份存入信託基金，直到他們成年才給他們自己使用。我想是這樣沒錯吧，蓋斯奇先生？」

「大致上來說，這些就是我草成的遺囑條款。」蓋斯奇先生說，顯得有點酸溜溜的，因為他們沒有讓他來說明遺囑條款。

「爸爸唸出來給我們聽，」羅傑說，「他問我們有沒有任何意見。我們當然是沒有意見。」

「布蘭達有意見。」哈薇蘭小姐。

「是的，」瑪格達熱心地說，「她說她受不了她親愛的亞瑞士泰談到死，那『讓她感到毛骨悚然』；她還說他死了之後，她不想要他的一毛錢！」

「那，」哈薇蘭小姐說，「只不過是故作姿態，她那種人就是這樣。」

這是個殘酷、尖酸的小小評語。我突然了解到艾迪絲・哈薇蘭有多不喜歡布蘭達。

「非常公平合理的遺產分配。」蓋斯奇先生說。

「唸過遺囑之後呢？」泰文勒探長問道。

「唸過之後，」羅傑說，「他簽上名。」

泰文勒驅身向前。

「他是什麼時候、怎麼樣簽上去的？」

羅傑以求助的眼光看向他太太。克里夢絲在他的注視之下開了口。其餘的家人似乎都同意她這樣做。

「你要知道確切的情形？」

「要是你願意說的話，羅傑太太。」

「我公公把遺囑放在他的書桌上，叫我們當中一個人——我想是羅傑——拉鈴。羅傑照做。瓊生應鈴而來時，我公公叫他去找珍妮・伍墨，那個侍奉客人茶點的女傭。他們都到了之後，他簽上名，要他們在他的簽名底下簽上自己的名字。」

「正確的程序，」蓋斯奇先生說，「遺囑必須在兩個證人的目擊之下簽名，同時證人必須也在同一時間、地點簽上名字。」

「然後呢？」泰文勒問道。

「我公公謝過他們，然後他們離去。我公公拿起遺囑，放進一個長信封裡，說他第二天會寄給蓋斯奇先生。」

「你們都同意，」泰文勒探長環視眾人說，「這就是那天確切發生的情形？」

大家異口同聲表示同意。

「你說，遺囑是放在書桌上。你們離書桌多近？」

「不太近。最近不過五、六碼，或許吧。」

「柳奈先生唸遺囑時他自己是坐在書桌後面嗎？」

「是的。」

「在他唸完遺囑、簽上名之前，他有沒有站起來過，或是離開書桌？」

「沒有。」

「僕人簽名時能不能看到遺囑的內容？」

「看不到，」克里夢絲說，「我公公在遺囑上面放了一張紙把內容遮住。」

「相當正確的做法，」菲力浦說，「遺囑的內容跟僕人無關。」

「明白了，」泰文勒說，「但這……我不明白。」

他敏捷地拿出一個長信封，驅身遞給律師。

「你看一看，」他說，「告訴我裡面是什麼。」

蓋斯奇先生從信封抽出一份摺疊的文件。一臉驚愕地看著，在手中翻來翻去。

「這……」他說，「真令人感到驚訝，我一點也不懂。我可不可以請教一下，這是從哪兒來的？」

「從保險箱裡，和柳奈先生其他的文件放在一起。」

「那是什麼？」羅傑問道，「為何讓你們這麼大驚小怪？」

「這是我備好給你父親簽名的那份遺囑，羅傑，可是，我不懂，在你們都那樣說明之後……這上面並沒有簽名。」

「什麼？哦，我想大概這只是份草稿吧。」

「不，」律師說，「原來的草稿柳奈先生已經寄還給我了。然後我才備好正式遺囑……就是這份遺囑。」他用手指彈了彈手上的文件。「同時寄給他簽名。根據你們的說法，他是當著你們的面在遺囑上面簽名，而且還有兩個證人副署。可是這份遺囑上並沒有簽名。」

「可是，這是不可能的。」菲力浦．柳奈叫了起來。

我還沒聽他講話這麼生氣蓬勃過。

泰文勒問道：「令尊的眼力有多好？」

「他患有青光眼。當然，看東西的時候他都戴上深度眼鏡。」

「他那天晚上戴著眼鏡嗎？」

「當然。一直到他簽上名之後才把眼鏡拿掉。我想我說的沒錯吧？」

「正是。」克里夢絲說。

「而你們都確定，沒有任何人在簽遺囑之前接近過書桌？」

「我現在倒有點懷疑了，」瑪格達瞇起眼睛說，「要是那一幕能再重現就好了。」

「沒有人走近那張書桌，」蘇菲亞說，「祖父一直坐在那兒。」

「當時書桌擺放的位置跟現在一樣嗎？沒有靠近門、窗戶或任何簾幕？」

「就像現在擺的位置一樣。」

「我在想能怎麼個掉包法，」泰文勒說，「一定是有人利用某種方式掉了包，而柳奈先生以為他簽的文件就是他剛唸過的那一份。」

「不可能是簽名被擦掉了嗎？」羅傑問道。

「不，柳奈先生。要是被擦掉了，不可能沒留下擦拭的痕跡。有另外一種可能性，那就是，這份並不是蓋斯奇送給柳奈先生而且當著你們的面簽名的文件。」

「不對，」蓋斯奇先生說，「我可以發誓，這份正是當初我寄給他簽名的文件。紙張上有一道小裂紋，在左上方，看起來有點像是飛機的形狀。我當時就注意到了。」

一家人面面相覷。

「非常非常奇特的情況，」蓋斯奇先生說，「在我的經驗中，還沒有遇過這種情況。」

「這是不可能的，」羅傑說，「我們全都在場。這種事不可能發生。」

哈薇蘭小姐乾咳了一聲。

「在那裡白費力氣地說什麼已經發生的事不可能發生，是沒有用的，」她表示意見說，「現在該怎麼辦？這才是我想知道的。」

蓋斯奇先生一下子又變回了原來那副小心翼翼的律師模樣。

「這得非常小心地研究研究，」他說，「當然，這份遺囑廢止了先前所有的遺囑。有很多證人親眼看到柳奈先生在一份他認為是這一份的遺囑上簽名。唔，非常有意思。一個純粹法律上的小問題。」

泰文勒看了一眼腕錶。

「我恐怕，」他說，「是耽誤了諸位吃午餐的時間了。」

「你不留下來和我們一起用餐嗎，探長？」菲力浦問道。

「謝謝，柳奈先生，不過我要去和葛瑞醫生碰面。」

菲力浦轉向律師。

「那你和我們一起吃吧，蓋斯奇？」

「謝謝，菲力浦。」

每個人都站了起來。我謙遜地側身向蘇菲亞挪近。

「我是走或是留下來？」我低聲問道。

「走，我想。」蘇菲亞說。

我悄悄地溜出去，趕上泰文勒。喬瑟芬正攀在通往內室的一扇門上盪來盪去。她顯出一副感覺某事很好玩的樣子。

「警察真是笨。」她說。

蘇菲亞從客廳裡出來。

「你在幹什麼，喬瑟芬？」

「在幫姆媽的忙。」

「我想你是貼在門邊偷聽。」

喬瑟芬朝她做了個鬼臉，退了下去。

「那個孩子，」蘇菲亞說，「是個大問題。」

／11

我走進蘇格蘭警場我老爸的辦公室，泰文勒正說完了那件顯然令他苦惱的案子。

「就這樣，」他正在說著，「我費盡了心思套他們的話，結果我得到什麼？什麼都沒有！沒有找出動機，沒有人缺錢用。而唯一對那位太太和那個年輕小夥子不利的證詞是：她幫他倒咖啡時，他對她眉目傳情！」

「別洩氣，泰文勒，」我說，「我能替你報告得好一點。」

「你能，你能嗎？好吧，查理先生，你查出了什麼？」

我坐下來，點了根菸，躺在椅子上，說了出來。

「羅傑．柳奈和他太太原本計畫下星期二出國去。羅傑在他父親去世的那天，和他有過一次狂風暴雨般的會談。老柳奈查到他兒子出了差錯，羅傑承認自己的過失。」

泰文勒臉色發紫。

「你從什麼鬼地方知道這些的？」他問道。「如果你是從僕人那裡問到的……」

「我不是從僕人那裡問到的，」我說，「我是從一個私人調查員那裡知道的。」

「你這是什麼意思？」

「而且我必須說，依照最佳偵探故事的慣例，他，或她——也許我最好說是『它』——把警方打得灰頭土臉！同時我認為，」我繼續說，「我的這位私家偵探還藏了好幾手不露出來。」

泰文勒張開嘴巴，又含起來。他有太多問題要問，但一時不知從何問起。

「羅傑！」他說，「這麼說，是羅傑有問題囉？」

我回答得有點勉強。我喜歡羅傑．柳奈。想起他那舒適宜人的房間，他那友善迷人的態度，我不喜歡讓法律的矛頭指向他。當然，喬瑟芬的情報可能不可靠，但我並不是真的這樣想。

「這麼說，是那個小鬼告訴你的？」泰文勒說，「她好像對那屋子裡的每一件事都很清楚。」

「孩子通常都是這樣。」我父親冷淡地說。

這項情報如果是正確的，便改變了整個情勢。如果羅傑如同喬瑟芬所提示的，「侵占」了聯合筵席公司的財產，而且如果那個老人發現了，那麼他勢必得封住老柳奈的口，在事情爆發之前離開英格蘭。也許羅傑才應該接受法律的制裁。

我們一致同意立即採取行動，調查聯合筵席公司。

「如果真是這樣，那事情一定非同小可，」我父親說，「牽連到數百萬英鎊呢。」

「如果公司真的陷入困境，那麼我們就找對人了，」泰文勒說，「他父親把羅傑找去。羅傑崩潰、招供。布蘭達．柳奈出去看電影，羅傑只要離開他父親房間，走進浴室，把一瓶胰島素倒掉，換成強烈的伊色林藥水就成了……也可能是由他太太執行。她那天回家之後去過那裡，說去拿回羅傑留在那裡的一支菸斗。但是她其實可能在布蘭達回家幫老柳奈注射之前把藥掉了包。她相當冷靜，做得出這種事來。」

我點點頭。

「是的，我猜她就是實際下手的人。她夠冷靜的了，什麼事都做得出來！而且我不認為羅傑．柳奈想得到用下毒的手段……將胰島素掉包這種把戲有點女性的味道。」

「多得是男性下毒者。」我父親冷淡地說。

「噢，我知道，長官，」泰文勒說，「我怎麼會不知道！」他感觸良深地加上一句。

「但我還是不認為羅傑是那種人。」

「普查德，」我老爸提醒他。「可是個交際高手。」

「我們姑且就認為是他們一起下手的吧。」

「頗有馬克白夫人的味道，」我父親在泰文勒離去之後說，「她給你的感覺是不是這樣，查理？」

我的眼前浮現出那道站在儉樸房間窗口的高雅身影。

「不怎麼像，」我說，「馬克白夫人基本上是個貪婪的女人。我不認為克里夢絲．柳奈是。我不認為她想要或是在乎金錢。」

「但是她可能非常關心丈夫的安全？」

「這……是的。而且她可能……哦，很殘酷無情。」

我抬起頭，看到老爸在注視著我。

「你在想什麼，查理？」

我並沒有告訴他。

§

第二天我被召去，發現泰文勒和我父親在一起。

泰文勒顯得心情愉快，有點興奮。

「聯合筵席公司危機重重。」我父親說。

「隨時都可能破產倒閉。」泰文勒說。

「我昨晚看到他們的股票大幅下跌，」我說，「不過，好像今天早上又恢復了。」

「我們必須非常小心地進行，」泰文勒說，「不要單刀直入，不要引起恐慌，或是嚇著了我們那位要捲款潛逃的紳士。不過，我們得到了某些私人情報，而且這些情報相當確實。聯合筵席公司瀕臨破產的邊緣。不可能負擔得起應付票據和債務。看起來好像是因為經營管理不善。」

「羅傑·柳奈經營不善？」

「是的。他有最高經營權，你知道。」

「而且他侵占公款……」

「不，」泰文勒說，「我們不認為他侵占公款。說得露骨一點，我們認為他也許是個凶手，卻不是個騙徒。坦白說，他只是個……傻瓜，好像毫無判斷能力。該守住的時候他卻猛衝出去；該放膽衝出去時，他又猶豫、退縮。他是那種最最不該賦予經營大權的人。他是個信任別人的傢伙，但是他看錯人了，他隨時都在做錯事。」

「是有這種人，」我父親說，「他們並不真的笨，只是不會看人，如此而已；而且他們在不該熱心的時候熱心。」

「這種人根本就不該從商。」泰文勒說。

「也許他並不想從商，」我父親說，「只是不巧地他是亞瑞士泰·柳奈的兒子，由不得他。」

「公司在老人家交給他時業務蒸蒸日上，那應該是個大金礦！他只要舒舒服服地坐在董事長寶座上，財源就會自然滾滾而來。」

「不，」我父親搖搖頭。「天底下沒有這麼好的事情。總是要下一些決定，辭掉某人、聘用某人以及確定經營方針的一些小問題等等。而對羅傑．柳奈來說，他的決定似乎總是下錯了。」

「沒錯，」泰文勒說，「第一，他是個忠誠的傢伙。他把一些不中用的傢伙都留下來了，就只因為對他們有感情，或是因為他們在公司裡待很久了。再來是，他有時候有些很不切實際的點子，而且不惜花費鉅資去試驗這些點子。」

「可是，沒有牽涉不法的事吧？」我父親說。

「沒有不法情事。」

「那麼他為什麼要殺人？」我問道。

「他也許是個傻瓜而不是個惡棍，」泰文勒說，「但結果還是一樣……或差不多一樣。唯一能挽救聯合筵席公司免於倒閉的是一筆巨額款項。」（他看了一下筆記本。）「最晚要在下星期三之前籌到。」

「正好是他將繼承或他自認為能從父親那裡繼承到的數目？」

「正是。」

「但是，他沒辦法繼承到那個數目的現金。」

「沒錯，不過他可以拿它們來貸款，這也等於拿到那個數目的現金。」

老爸點點頭。

「直接去找老頭子求他幫忙不是更簡單嗎？」他提示。

「我想他是這樣做了，」泰文勒說，「這正是那個小鬼偷聽到的。那個老頭子大概一口拒絕再浪費任何金錢在那個已經沒救的事業上。你知道，他會這樣做的。」

我想泰文勒說得沒錯。亞瑞士泰．柳奈就曾拒絕贊助瑪格達的戲劇演出，他說那種戲不會賣座。事實證明他的判斷正確。他是對家人出手大方，但他可不會把錢浪費在不賺錢的事業上。聯合筵席公司短缺了數萬英鎊甚或數十萬英鎊的周轉金。他一口拒絕了，羅傑免於破產的唯一方法便是讓父親死。

嗯，是有動機沒錯。

我父親看了看錶。

「我要他到這裡來，」他說，「現在他隨時都會到達。」

「羅傑？」

「是的。」

「叫他來自投羅網？」我喃喃說。

泰文勒有點驚愕地看著我。

「我們當然會給他適當的警告。」他嚴肅地說。

舞台已經準備好，速記員就位，等著好戲上演。不久，對講機響起。幾分鐘後，羅傑．柳奈走了進來。

他急切地走進來……有點笨手笨腳，還絆倒了一張椅子。我如同以前一樣，見到他就想起那種友善的大狗。我相當確定，他不是那個實際動手把胰島素換成伊色林的人。他會把藥瓶打破，把藥水弄翻，把整個行動搞得亂七八糟。不，不是他，是克里夢絲，我斷定，是克里夢絲動的手，雖然羅傑暗中參與這項行動。

他匆匆說道：「你想要見我？你已經查出了什麼？嗨，查理，我剛剛沒看到你。你來了真好。但是請告訴我，亞瑟爵士……」

一個好人，真正的好人。不過多得是凶手也是「大好人」……事後他們驚愕的朋友都這樣說。人心隔肚皮。我有出賣他的感覺，因此微笑著向他打招呼。

我父親態度慎重，沉著冷靜，一本正經，能言善道的本色一露無遺。口供……記下來……沒有強迫性……律師……

羅傑．柳奈一如往常的急切、不耐煩，一揮手，把他一番冠冕堂皇的話揮到一邊去。

我看到泰文勒探長臉上露出一絲嘲諷的微笑，也從他的笑容中洞悉了他的想法：「這些傢伙，總是對自己有把握。總認為他們不可能犯錯，他們太聰明了！」

我謙遜地坐到角落裡，靜靜地傾聽著。

「我要你到這裡來，柳奈先生，」我父親說，「不是要提供你什麼新的線索，而是要從你身上問出一些資料……你先前所保留的一些資料。」

羅傑．柳奈一臉茫然。

「保留？可是我已經都告訴過你們，全都告訴你們了！」

「我不認為。你在他死去的那天下午和他談過話吧？」

「是的，是的，我和他一起喝茶。這我告訴你們了。」

「你是告訴了我們沒錯，不過你沒告訴我們你們談了些什麼。」

「我們……只是……在談話。」

「談什麼？」

「日常事務，家裡的事，蘇菲亞的……」

「聯合筵席公司呢？有沒有提到過？」

直到現在，我仍然希望那件事是喬瑟芬捏造出來的，可是，我的希望很快就破滅了。

羅傑的臉色大變。由熱熱切切一下變得近乎絕望。

「噢，老天啊！」他說。

他倒進一張椅子裡，把臉埋在雙手中。

泰文勒笑得像一隻得意洋洋的貓。

「你承認，柳奈先生，你沒有對我們全然坦白吧？」

「你們怎麼知道那件事的？我以為沒人知道……我不明白怎麼會有任何人知道。」

「我們有辦法查出這種事，柳奈先生。」一陣莊嚴的停頓。「我想你現在應該明白還是跟我們說實話的好。」

「是的，是的，當然，我會告訴你們。你們想知道些什麼？」

「聯合筵席公司瀕臨破產倒閉，這是不是真的？」

「是真的。現在已是無可挽回了，倒閉勢所難免。要是我父親不知道這件事情而去世就好了。我感到十分慚愧、十分丟臉……」

「有沒有因此被判刑的可能？」

羅傑猛然坐正。

「沒有，真的。公司是會破產，卻是光明正大地宣告破產。債權人會得到足額的賠償——如果我把個人的財產都拿出來的話。我會這樣做的。不，我感到丟臉的是，我讓父親失望了。他信任我，把這個公司交給我——他最大的事業，他最心愛的事業。他從不干涉，從不過問我在做什麼，他只是……充分信任我……而我讓他失望了。」

我父親冷淡地說：「你說沒有被起訴的可能？那麼，為什麼你和你太太計畫出國去，卻不告訴任何人？」

「這你們也知道了？」

「是的，柳奈先生。」

「你們難道不明白嗎？」他急切地傾身向前。「我無法面對他，跟他說實話，這樣會顯得像是我在向他要錢，你們知道。好像我要他再度幫我站起來一樣。他……他非常喜歡我。他會想幫忙。但是我無法……我無法繼續下去。我會把事情再搞得一團糟……我很不中用。

我沒那種能力。我不是父親那種人，我一直都知道，我累了。但是，這沒有用。我一直好悲慘……天啊！你們不知道我有多麼悲慘！企圖脫出泥淖，希望能補平帳目，希望我親愛的老爸永遠不用知道我的危機。後來，事情來了，不再有任何免於破產的希望。克里夢絲，我太太，她了解，她同意我的看法。我們想出了這個計畫，而且不跟任何人提起，想走得遠遠的。然後等待風暴降臨。我留下一封信給我父親，把一切告訴他，告訴他我有多麼慚愧，求他原諒我。他一向待我那麼好……你們不知道！不過，等他看到那封信時，一切都已經太遲了，他無法再做什麼。這正是我想要的——不煩擾他，或甚至表示要他幫忙。我想靠自己在某個地方東山再起。過著單純、謙遜的生活。種些東西，咖啡，或是水果，只要足夠生活所需……只是苦了克里夢絲，但是她發誓說她不在乎過苦日子。她太好了，真是太好了。」

「原來如此。」我父親語氣仍舊冷淡。「那麼是什麼讓你改變主意？」

「改變主意？」

「是的。是什麼讓你決定最後還是去找令尊求他支援財務？」

羅傑睜大眼睛凝視著他。

「我並沒有啊！」

「得了吧，柳奈先生。」

「你全搞錯了，我並沒有去找他。是他叫人找我去的。他在城裡不知怎麼聽說了這件事。我想是謠傳吧。不過他一向無所不知。某人告訴了他。他刺探我，然後，當然啦，我崩潰了……我和盤托出。我說這不是錢的問題，是我自己心裡的感受問題，他是那麼信任我……」

羅傑抽搐著噓了一口氣。

「我親愛的老爸，」他說，「你們想像不到他對我有多好，從不責罵，只有慈愛。我告訴他我不想要他幫忙，我不要，我寧可按照我的計畫離開。但是他不聽我的。他堅持要解救我的危機，堅持要讓聯合筵席公司再站起來。」

泰文勒突然說：「你是要我們相信，令尊打算支援你？」

「當然他會那樣做。他當場就寫信給他的股票經紀人，給他們下了一些指示。」

我想他大概看出了兩位男士臉上狐疑的神色。他臉紅起來。

「你們聽著，」他說，「信還在我手上。他要我去寄，但是當然後來由於……由於那場震驚的混亂，我忘了寄出去。也許現在就在我的口袋裡。」

他抽出皮夾，開始翻尋著。最後，他找到了。那是一個貼著郵票、皺巴巴的信封。我驅身向前，看到是寄給「葛瑞特利・漢伯里公司」的。

「你們自己看看……」他說，「如果你們不相信我的話。」

我父親撕開信封，泰文勒繞到他身後。當時我並沒有看到信的內容，不過後來看到了。信上指示那家公司把一些股票變現，同時要公司派一個人第二天去他那裡接受一些有關聯合筵席公司的指示。信上內容有些我看不懂，不過要旨是夠清楚的了。亞瑞士泰・柳奈準備讓聯合筵席公司再站起來。

泰文勒說：「這封信我們保留一下，我們會開給你一張收據，柳奈先生。」

羅傑接過收據。他站起來，說：「我沒事了？你們都知道是怎麼回事了吧？」

泰文勒說：「柳奈先生給了你這封信後，你就離開他了？再下去你做了些什麼事？」

「我匆匆趕回住房。我太太剛好回家。我把父親打算要做的事告訴她。他真是太好了！我……真的，我幾乎不知道我都做了些什麼。」

「然後令尊就突然病了……那是多久之後的事？」

「我想想看……半個小時，或許一個小時。布蘭達急急跑來，她嚇壞了。她說他看起來好古怪。我……我連忙和她趕去。不過，這些我都已經告訴過你了。」

「在你先前去見令尊時，你有沒有進過與令尊房間相連的那間浴室？」

「我想是沒有……是的，沒有，我確信我沒有。怎麼，你不會認為我……」

我父親適時平息了他突來的憤慨。他站了起來，和他握握手。

「謝謝你，柳奈先生，」他說，「你一直非常幫忙。不過，你應該早點把這一切告訴我們的。」

門在羅傑身後關了起來。我站起來，過去看著放在我父親桌上的那封信。

「這可能是偽造的。」泰文勒抱著希望說。

「可能，」我父親說，「但我不這麼認為。我想我們得接受他的說法。老柳奈準備挽救他兒子，由他來做比他死後由羅傑自己來做有效。尤其是，現在發生了找不到遺囑的事，羅傑實際繼承的遺產數目變成了問題。這表示他想用遺產來救急的計畫會受到拖延，遭到困難。不，泰文勒，羅傑和他太太沒有幹掉那個老人的動機。相反地……」他停了下來，突然想到什麼似地重複說，「相反地……」

「你在想什麼，長官？」泰文勒問道。

老爸慢吞吞地說：「如果亞瑞士泰．柳奈再多活二十四小時，羅傑就會沒事了。但是他並沒有多活二十四小時。他突然戲劇化地在一個小時多一點點後死亡。」

「嗯，」泰文勒說，「你認為那屋子裡有人想要羅傑破產？某個財務上有利益衝突的人？這好像不可能。」

「關於遺囑，目前的情況怎麼樣？」我父親問道，「誰實際上能得到老柳奈的財產？」

「你知道律師是怎麼樣的。沒有辦法從他們身上得到直接的答案，有一份原先的遺囑，是在他娶了第二任柳奈太太時立下的。那份遺囑載明留給她同樣數目的錢，給哈薇蘭小姐的比較少，其餘的由菲力浦和羅傑平分。我想如果目前的這份遺囑沒有簽名，那麼舊的那份就會生效，不過看來事情好像沒有這麼簡單。首先，新遺囑立下就廢止了原先的那份，而且還有證人目擊新遺囑的簽署，具有『立遺囑人的意圖』等法律上的效用。然而如果他沒有立下遺囑就死了，則仍有一半的機會，顯然遺孀可以得到所有的遺產，或者至少也有終生的信託基金。

「這麼說，如果那份遺囑失蹤，對布蘭達．柳奈而言最有利囉？」

「是的。如果說有人在玩什麼把戲，看來最可能的是她。而顯然是有些把戲存在，不過我要是知道這把戲是怎麼玩的才有鬼。」

我也不知道。我想我們真是笨得可以。不過，當然啦，當時我們是從錯誤的角度切入。

12

泰文勒離去之後，室內出現一陣短暫的沉默。

然後我說：「爸，殺人凶手都是什麼樣子？」

我老爸滿腹心思地抬起頭來看我。我們彼此非常了解，我一問這個問題，他馬上知道我腦子裡想的是什麼。他非常認真地回答。

「是的，」他說，「這在目前來說是很重要……非常重要，對你來說……凶殺案一步一步逼近你，你不能再繼續從局外人的角度去看。」

我一直對刑事調查組的一些特殊「案件」抱著業餘者的興趣，然而，如同我父親所說，我是懷著局外人的興趣，如同站在櫥窗外往裡看。但蘇菲亞明白得比我早，這件謀殺案已支配了我的生活。

我老爸繼續說下去。

「我不知道你問我是不是問對人。我可以找幾個為我們工作的精神科醫生告訴你。他們可以分析得一清二楚。或者泰文勒也可以給你一切的內幕消息。但是我知道，你想要聽聽我個人基於對罪犯的處理經驗所提出來的看法，對吧？」

「這正是我想要知道的。」我感激地說。

我父親用手指頭在桌面上畫了個小圈圈。

「凶手是什麼樣子？」他臉上微微露出感傷的笑容。「他們有些是徹頭徹尾的好人。」

我想我顯得有點驚嚇。

「噢，是的。他們有些，」他說，「就像你我一樣是普普通通的好人……或像剛剛離去的那個傢伙，羅傑・柳奈。你知道，謀殺是一種業餘的罪行。當然，我說的是你腦子裡所想的那種謀殺，不是那種幫派的玩意兒。有時我不免感到，這些普普通通的好人好像突然中了謀殺的邪。他們身陷困境，或是他們非常想要什麼……金錢或女人，然後他們為了得到這些東西而殺人。我們大部分的人都能懸崖勒馬，他們卻不能。你知道，一個小孩能絲毫不受良心責備地把欲望化成行動。小孩子生貓咪的氣，說『我要殺死你』，接著就抓起槌子猛敲牠的頭……然後又傷心不已，因為貓死了不能再復活！很多小孩子企圖把嬰兒從嬰兒車裡抓出來『淹死』，因為嬰兒篡奪了父母對他們的注意力，或是干擾到他們的玩興。但他們很快就會到了知道那是『錯誤』的階段；也就是說，那樣做會被懲罰，接著，他們又會成長至感覺到那樣做是錯的。但是有些人，我懷疑，在道德上一直停留在不成熟的階段。他們知道謀殺是錯的，但是他們並不感覺到那是錯的。依我的經驗，我不認為有任何一個殺人凶手真正感到悔恨，而這，或許是『該隱』[2]的特質。殺人凶手是與眾不同的，他們異於常人——謀殺是錯的，但是對他們而言不是，對他們來說是必需的，因為被害人是『自找的』，而謀殺是『唯一的解決之道』。」

「你是不是認為，」我問道，「如果有人恨老柳奈，恨他恨了很長一段時間，這會是個殺害他的理由？」

「純粹為了恨？我認為，這非常不可能。」父親以奇特的眼光看著我。「當你說『恨』的時候，我想你指的是由不喜歡轉劇而成為恨。嫉妒心是不同的，它源自於感情和挫折。像康絲坦·肯特，每個人都說她非常喜愛遭她殺害的小弟弟。但是她太渴望她父母所加諸在他身上的那種關心和愛。我想人比較常殺害那些他們所愛的人，而不是他們所恨的人。或許是因為，只有你所愛的那些人才能真正讓你感到生命難以忍受。

「不過說這些對你並沒有多少幫助吧？」他繼續說下去。「你想知道的——如果我沒誤會你的意思——是某種表徵，某種可以幫你從一群表面上看來和樂的家人當中挑出凶手來的共通標誌吧？」

「是的，就是這個。」

「有共通的特徵嗎？我懷疑。你知道，」他停下來想了一下。「如果有的話，應該說是自負。」

「自負？」

「是的，我從沒遇過不自負的殺人凶手……他們之所以會自我毀滅，十之八九是自負、虛榮心所造成的。他們容或害怕被抓到，但是他們禁不住要吹噓、誇耀，而且通常都自恃聰明過人，不會被抓到。」他又加上一句說：「還有另外一點，殺人凶手都想說話。」

「說話？」

「是的，你知道，犯下謀殺罪，會讓你處於非常孤單的境地。你想要把一切告訴某個人，而你卻不能這樣做。如此一來，便讓你更想找個人談談。因此，如果你不能和別人談論你是怎麼下手的，至少可以談談謀殺案本身，和某人討論，提出一些見解，推敲一番。

「如果我是你，查理，我會朝這方面下手。再到那邊去，跟他們混在一起，讓他們找你談話。當然這樣做未必沒有阻礙。不管是清白或是有罪，他們都很高興有個機會和外人談談，因為他們可以對你說一些他們不能對家人說的話。不過我想，或許你可以找出一個與眾不同的人來。一個隱藏了什麼的人，根本負擔不起跟別人交談的後果。戰時做地下工作的那些傢伙都知道這一點。如果你被逮到了，你只能說出你的姓名、階級和單位，其餘的一概不能說。企圖提供假情報的人幾乎都總會說溜嘴。想辦法讓那家人找你談話，查理，同時注意

2　該隱是聖經人物，亞當之長子，殺害其弟亞伯。

足以敗露形跡的一些失言漏語。」

後來，我告訴他蘇菲亞說過她的家人生性冷酷，具有不同種類的冷酷。他聽了之後深感興趣。

「嗯，」他說，「你的女朋友說得有道理。大家庭都有個缺陷，那就恍如盔甲上的一個縫隙。大部分的人都應付得了一個弱點，但他們可能應付不了兩個不同的弱點。遺傳真是個有趣的東西。就拿哈薇蘭家族的那種冷酷性格，還有我們姑且稱之為『狂妄』的柳奈家族來說……哈薇蘭家族的冷酷倒無所謂，因為他們並不狂妄，而柳奈家族的狂妄也無所謂，因為他們雖然狂妄，卻是生性厚道。只是其中有個後代子孫同時擁有了這兩種遺傳特質……你明白我的意思吧？」

我所想的不盡相同。我父親說：「但我不該拿遺傳來搞昏你的頭。這是個太過複雜、詭詐的課題。我的孩子，到那裡去，讓他們找你談話。你的蘇菲亞有一點說得相當對：除了事實真相之外，沒有其他事情對她或對你有好處。你非找出真相來不可。」

當我走出去時，他又加上一句：「注意一下那個小鬼。」

「喬瑟芬？你的意思是，不要讓她知道我想幹什麼？」

「不，我不是這個意思。我的意思是……照顧她，我們不希望她出事。」

我睜大眼睛望著他。

「不要露出那副樣子，查理。那屋子裡有個殘酷的殺手，而喬瑟芬那孩子好像知道不少事情。」

「她知道羅傑的一切……儘管她妄下定論，認為他是個惡棍。而她所偷聽到的內容似乎相當精確。」

「是的，是的，小孩子的證詞總是最佳的證詞。我每次都信賴他們的證詞。當然，這在法庭上不管用。小孩子忍受不了直接的問話。他們不是含糊不清，就是一副傻傻的樣子，說什麼他們都不知道。可是當他們在私底下炫耀時就有如生龍活虎一般。那個小孩子對你正是這樣，炫耀。你可以用同樣的方法從她身上套出更多線索來。不要問她問題，假裝你認為她什麼都不知道，這就可以叫她上鉤。」他接著又說：「不過，要照顧她。對某人來說，她可能知道得太多了一點。」

13

我帶著一點心虛的感覺，到「畸屋」去（我自己在心裡這樣稱呼那棟房子）。雖然我已經告訴過泰文勒喬瑟芬私下告訴我的那件羅傑的事，但我沒透露布蘭達和羅倫斯．布朗互通情書的事。

我自我安慰地裝作這只是她虛構出來的事，沒有理由去相信。但實際上，我不知為何很不願意再有不利於布蘭達．柳奈的證據。她在那棟房子裡的悲慼處境——被一群敵視的家人緊緊包圍著——令我同情。如果真有這種信件，無疑地，泰文勒和他的部下會查出來。我不喜歡成為落井下石的工具，把新的疑點加到一個處境艱困的女人身上。再說，她慎重地向我保證過，在她和羅倫斯之間沒有那種事存在，感覺上我倒比較相信她，而不太信任那不懷好意的鬼精靈喬瑟芬。布蘭達不是說過喬瑟芬腦筋有問題嗎？

我硬把心裡一個令我感到不安的念頭壓了下去……那就是，喬瑟芬腦筋好得很，根本沒問題。我想起了她那對慧黠的黑色眼珠。

我打電話問蘇菲亞我可不可以再到她家。

「請過來，查理。」

「現在事情怎麼樣了？」

「我不知道，還好吧。他們繼續在搜查房子。他們在找什麼？」

「我不知道。」

「我們都變得非常緊張。盡快來吧，要是再不找個人談談我會瘋掉。」

我說我馬上過去。

我坐車直到畸屋前門，沒有見到任何人。我付了計程車費，計程車隨即離去。我不知道該按門鈴或是直接走進去。前門沒關。

我正站在那裡猶豫著，突然聽見背後有細微的聲響，猛一回頭，看到喬瑟芬，她的臉被一個很大的蘋果遮住，正站在紫杉樹籬出口那邊看著我。

我一轉頭，她就轉身離去。

「嗨，喬瑟芬。」

她沒有回答，消失在樹籬後面。我越過車道，向她趕去。她坐在金魚池邊那張不舒服的木頭長條凳上，兩腳盪來盪去，嘴裡咬著蘋果。在薔薇花的圍繞之下，她以懷有敵意的眼光注視著我。

「我又來了，喬瑟芬。」我說。
這是句無力的開場白，不過我發現喬瑟芬雖然眼睛眨也不眨，不吭一聲，卻有點焦躁。
她極富戰略性，仍然不吭不響。
「那個蘋果好吃嗎？」我問道。
這一次，喬瑟芬紆尊降貴地開了口。她的回答很簡短。
「軟綿綿的。」
「可惜，」我說，「我不喜歡軟綿綿的蘋果。」
喬瑟芬不屑地回答：「沒人喜歡。」
「我跟你打招呼時你為什麼不說話？」
「我不想。」
「為什麼不想？」
喬瑟芬把蘋果從嘴上移開，好讓她的發音清晰。
「你跑去跟警方打小報告。」她說。
「噢。」我有點退縮。「你是說，關於……」
「關於羅傑伯伯。」
「但這沒關係，喬瑟芬，」我向她保證。「沒什麼關係。他們知道他並沒有做壞事……
我是說，他並沒有侵占公款或這一類的事。」

「你真不夠意思。」

「對不起。」

「我不是在替羅傑伯伯擔心。只不過，從事偵探的工作不能這樣玩。難道你不知道不到最後關頭不要告訴警方的道理嗎？」

「噢，我明白，」我說，「對不起，喬瑟芬，我真的很抱歉。」

「你是該感到抱歉。」她怪罪地又加上一句：「我信任了你。」

我第三度說抱歉。喬瑟芬已受到撫慰。她又咬了幾口蘋果。

「不過警方一定會查出這一切，」我說，「你和我，我們保不住這個祕密的。」

「你的意思是說，他就要破產了？」

如同往常一般，喬瑟芬消息靈通。

「我想大概是避不掉的。」

「他們今天晚上就要談這件事，」喬瑟芬說，「爸爸、媽媽、羅傑伯伯和艾迪絲姨婆。艾迪絲姨婆要把給她的那份遺產送給他，只是她的錢還沒拿到手。但我不認為爸爸會這樣做。他說如果羅傑真的有了麻煩，那只能怪他自己，而且把錢投入已經無可挽救的事業又有什麼好處？媽媽聽都不聽，說一毛錢也不會給他，因為她要爸爸把那些錢用來推《奧第絲．湯普遜》那齣戲，你知道奧第絲．湯普遜嗎？她結了婚，但是她不喜歡她丈夫。她愛上一個船上來的年輕人叫拜華特，他走不同的一條街，在看完戲之後，從他背後給了他一刀。」

我再度為喬瑟芬那完整而廣泛的知識感到驚嘆；而且她深具戲劇感，三言兩語就能把突出的事實呈現出來，只是人稱代名詞稍微含糊不清而已。

「聽起來好像滿不錯，」喬瑟芬說，「但我想這齣戲不會那麼順利，又會像《姬色波》一樣。」她嘆了一聲。「我真希望知道為什麼那些狗不吃她的手掌。」

「喬瑟芬，」我說，「你告訴過我，你大概可以確定誰是兇手。」

「那又怎樣？」

「是誰？」

她不屑地看我一眼。

「我明白，」我說，「不到最後一章絕對不說？即使我保證不告訴泰文勒探長也不說？」

「我還需要一些線索。」喬瑟芬說，「無論如何，」她把蘋果核丟進金魚池裡，加上一句：「我不會告訴你。若要拿你來比喻，你也只不過是華生而已。」

我吞下了這項侮辱。

「好，」我說，「我是華生。但是即使是華生，福爾摩斯也會把資料給他。」

「把什麼給他？」

「事實。然後他會從這些事實中做出錯誤的推論。你把資料提供給我，看著我做出錯誤的推論不是很好玩嗎？」

有一陣子，喬瑟芬受到了誘惑。然後，她搖搖頭。

「不，」她說，又加上一句：「反正，我也不怎麼喜歡福爾摩斯。他太落伍了。他們坐的是狗拉的車子。」

「那些信呢？」我問道。

「什麼信？」

「你說羅倫斯·布朗和布蘭達寫來寫去的那些信。」

「那是我捏造的。」喬瑟芬說。

「我不信。」

「真的，是我編的。我經常捏造一些事情，這樣很好玩。」

我瞪著她看，她回瞪著我。

「聽好，喬瑟芬。我認識一個大英博物館裡的人，他對聖經很有研究。如果我從他那裡問出為什麼那些狗不吃姬色波的手掌，你要不要告訴我那些信的事？」

這一次喬瑟芬真的猶豫起來了。

在不遠處，一根樹枝折斷的尖銳聲傳過來。喬瑟芬斷然說：「不，我不會告訴你。」

我誠心接受失敗。天色有點晚了，我想起了父親的忠告。

「噢，原來，」我說，「這只不過是個遊戲。其實你根本什麼都不知道。」

喬瑟芬的眼睛突然一閃，但是她抗拒這個誘餌。

我站了起來。

「我得進去了，」我說，「去找蘇菲亞。一起進去吧。」

「我要在這裡。」喬瑟芬說。

「不，」我說，「你跟我進去。」

我無禮地把她架了起來。她顯得驚訝，想要抗議，不過最後還是相當優雅地屈服了……無疑地，部分原因是因為她想要瞧瞧他們家的人見到我的反應。

為什麼我這麼急著要她陪我進去，我一時也說不上來。直到我們穿過前門才想起來。

那突來的樹枝折斷聲。

／14

喃喃的談話聲從大客廳裡傳過來。我遲疑了一下，不過沒走進去。我沿著走廊漫步過去，在某種衝動之下，我推開了一道粗呢布門。布門內的通道陰暗，突然一道門打開，露出了一間明亮的大廚房。門口站著一個老婦人，一個龐大的老婦人。她的巨腰上繫著一件非常乾淨的白色圍兜，我一看到她就放心了。姆媽那樣的老婦人總是會給你這樣的感覺。我都三十五歲了，但是我覺得自己就像一個安下心來的四歲小男孩一樣。

「是查理先生吧？到廚房來，我給你沖杯茶。」

這是一間令人愉快的大廚房。我在正中央的桌旁坐下來，姆媽端給我一杯茶和兩塊放在盤子上的甜餅乾。我更覺得猶如回到育嬰室一樣。都沒事了……那暗暗的房間和未可知的恐懼感不再緊隨著我。

「蘇菲亞小姐知道你來了一定很高興，」姆媽說，「她緊張過度了。」她不以為然地又加上一句：「他們全都太過緊張了。」

我回頭望望身後。

「喬瑟芬呢？她和我一起進來的。」

姆媽不以為然地咋舌作聲：「她老偷聽別人講話，在隨身攜帶的小筆記本上記下一些事情，」她說，「她應該上學去，跟和她同年紀的小孩一起玩。我跟艾迪絲小姐這樣說過，她也有同感，但是主人認為她還是留在家裡最好。」

「我想他大概非常喜歡她吧。」我說。

「是的，先生。他過去是非常喜歡他們。」

我感到有點驚愕，不知道為什麼她會把菲力浦對他子女的感情這麼明確地說成是「過去」。姆媽看到了我的表情，有點臉紅地說：「我說主人，是指柳奈老先生。」

我正待開口，廚房的門打開，蘇菲亞匆匆走進來。

「噢，查理，」她說，然後很快又說：「噢，姆媽，我真高興他來了。」

「我知道，心愛的。」

姆媽收拾起一大堆鍋壺，帶著走進餐具室裡去。她隨手帶上了門。

我站起來，走向蘇菲亞。我雙手環抱她，擁向我。

「親愛的，」我說，「你在發抖。怎麼啦？」

蘇菲亞說：「我害怕，查理，我害怕。」

「我愛你，」我說，「如果我可以把你帶走……」

她退後，搖搖頭。

「不，那是不可能的。我們必須弄個明白。但是你知道，查理，我不喜歡……我不喜歡那種感覺，覺得有個人，在這屋子裡的某個人，我天天和他見面說話的某個人，竟然是個冷血無情、計畫周詳的下毒者……」

我不知道該說什麼。對於像蘇菲亞這樣的人，你不能給她一些無意義、隨口說出的安慰話語。

她說：「要是知道是誰就好了……」

「最糟糕的事就在這裡。」我同意。

「你知道真正讓我害怕的是什麼嗎？」她低聲說，「是我們可能永遠都不知道……」

我可以想見這會是什麼樣的夢魘，而且在我看來，我們很可能永遠不知道是誰殺害了老柳奈。

不過這倒令我想起了我打算問蘇菲亞的一個問題。

「告訴我，蘇菲亞，」我說，「這屋子裡到底有多少人知道伊色林眼藥水的事情？我的意思是說，第一，知道你祖父有這種眼藥水；第二，知道這種眼藥水有毒，吃下去就會沒命？」

「我知道你在想什麼，查理，但這無濟於事。你知道，我們大家都曉得。」

「哦，是的，我想大概你們都多多少少知道一點，不過說到很清楚……」

「我們大家都很清楚。有一天午飯後，我們全都在一起和祖父喝咖啡。你知道，他喜歡一家人都圍繞在身邊。他的眼睛常常很不舒服。布蘭達拿眼藥水幫他每一眼滴上一滴，而最愛問各種問題的喬瑟芬說：『為什麼瓶子上面寫說「眼藥水，不可食用」？如果你整瓶喝下去了會怎麼樣？』祖父微笑著說：『如果布蘭達哪一天搞錯了，把眼藥水當作胰島素幫我注射進去……我想我會喘一大口氣，臉色有點發青，然後就死掉。因為，你知道，我的心臟不怎麼好。』喬瑟芬說：『嗚……』祖父繼續說：『所以我必須小心，不要讓布蘭達把伊色林當作胰島素幫我注射進去，是吧？』」蘇菲亞暫停了一下，然後說：「我們全都在聽。你明白了吧？我們全都聽到了！」

我的確明白了。我一直認為，那需要一點特別的知識。不過如今看來，實際上是老柳奈替自己提供了死亡藍圖。凶手不必設想任何計畫或任何手段，死者自己就已經提供了一個簡單致死的方法。

我深吸一口氣。蘇菲亞曉得我在想什麼，她說：「是的，是有點恐怖，不是嗎？」

「你知道，蘇菲亞，」我慢慢地說，「有一件事真的讓我很吃驚。」

「什麼事？」

「那就是，你說對了，不可能是布蘭達。她不可能在你們都聽到、都記得那件事之後，真的依樣畫葫蘆。」

「這我不知道。她就某方面來說有點笨，你懂吧。」

「不會笨到那種地步，」我說，「不，不可能是布蘭達。」

蘇菲亞走離我身邊。

「你也不希望是布蘭達，不是嗎？」她問道。

而我能說什麼？我是不能……不，我不能斷然說：「是的，我希望是布蘭達。」為什麼我不能？因為布蘭達自己一個人站在一邊，而整個財大勢大的柳奈一家都聯合起來站在另一邊對付她？是俠士精神，同情弱者，保護無抵抗能力者？我想起了她穿著昂貴的喪服坐在沙發上的樣子，還有那孤單無助的話聲，那恐懼的眼神。

姆媽適時地從餐具室裡走回來。我不知道她是否感覺得出我和蘇菲亞之間那種緊張的氣氛。

她不以為然地說：「談什麼謀殺不謀殺的。我說，忘掉吧。讓警方去處理，該傷腦筋的是他們，不是你們。」

「噢，姆媽，難道你不了解，這屋子裡有一個人是殺人凶手？」

「胡說，蘇菲亞小姐，我對你已經沒有耐心了。前門不是一直都開著嗎？所有的門都開著，沒有上鎖，所以招來了小偷。」

「不可能是小偷，沒有什麼東西丟了。再說，小偷為什麼要進來把人毒死？」

「我沒說是小偷，蘇菲亞小姐。我只不過是說，所有的門都沒上鎖，任何人都進得來。

要是你問我，我會說是共產黨幹的。」

姆媽對自己這種看法滿意地點點頭。

「為什麼共產黨要謀害可憐的祖父？」

「哦，每個人都說，任何事情都是他們在暗中搞的鬼。不過如果不是共產黨幹的，你記住我的話，一定是羅馬天主教徒幹的。他們全都是作奸犯科的傢伙。」

姆媽有如下了最後通牒一般，趾高氣揚地再度消失在餐具室裡。

蘇菲亞和我笑了起來。

「好一個死硬派的新教徒。」我說。

「可不是嗎？來吧，查理，到客廳去。那裡正在進行家庭會議。它本來預定今晚舉行，不過提早開始了。」

「我還是不要闖進去的好，蘇菲亞。」

「如果你想要娶這家的人，你還是趁著沒戴上結婚手套之前，看看他們究竟是什麼樣子的好。」

「你們在談些什麼？」

「羅傑的事。你好像已經牽扯進去了。不過你真是瘋了，竟認為羅傑殺害了祖父。羅傑可是對他崇敬得很。」

「我並不真的認為是羅傑。我認為可能是克里夢絲。」

「是我讓你那樣想的。不過你又錯了。如果羅傑把所有的錢都虧光了，我也不認為克里夢絲會在意。事實上，我想她倒是會感到很高興。她有一種不想要擁有東西的奇怪心態。走吧。」

當我和蘇菲亞走進客廳時，談話聲突然中斷下來。每個人都看著我們。

他們全都在那裡。菲力浦坐在一張放在兩扇窗子之間的深紅色緞面扶手椅上，他英俊的臉孔蒙著一層冷峻的神色。他看起來像是一個正要宣讀判文的法官。羅傑跨坐在壁爐旁一張鋪有厚厚圓形椅墊的椅子上。他用手指搔得滿頭的頭髮都豎立起來。他的左褲腿皺巴巴的，領帶歪斜，看起來一副爭論得面紅耳赤的樣子。克里夢絲坐在他的旁邊，她纖細的身子坐在那張大彈簧椅上更顯得瘦削。她的眼睛沒有看著其他人，好像正在冷靜地研究著牆壁嵌板。艾迪絲坐在一張安樂椅上，坐得直挺挺的，正在賣力地織著女紅，雙唇緊抿。屋子裡看起來最漂亮的就是瑪格達和尤斯達。他們倆看起來就像金斯包羅的肖像畫作。他們一起坐在沙發上……英俊微黑的小男孩臉上有一種陰沉的表情，在他一旁，瑪格達一手擱在沙發背上坐著，這位「三山牆」的女爵穿著一件如畫一般的縐絲寬袍，一隻穿著緞面拖鞋的小腳伸在面前。

菲力浦皺起眉頭。

「蘇菲亞，」他說，「對不起，可是我們正在討論家務事，外人不宜加入。」

哈薇蘭小姐的針響了一聲。我準備道歉退出。蘇菲亞搶在我前頭開口。她的聲音清晰、堅決。

「查理和我，」她說，「希望能結婚。我要查理在這裡。」

「這有什麼不可以？」羅傑精力充沛地從椅子跳起來，大聲說：「我一直告訴你，菲力浦，這沒什麼私人不私人的！明後天全世界的人都會知道了。無論如何，我的好孩子，」他過來友善地把一隻手擱在我肩上。「你全都知道。你今天上午在哪裡。」

「告訴我，」瑪格達傾身向前大聲說，「蘇格蘭警場是什麼樣子？真讓人好奇。一張桌子？辦公桌？幾把椅子？什麼樣的窗簾？沒有花吧，我想？一台錄音機？」

「別鬧笑話了，媽，」蘇菲亞說，「你早告訴范華蘇．瓊斯把蘇格蘭警場哪場戲刪掉了。你說那是個反高潮。」

「那會使得整齣戲太像是偵探故事，」瑪格達說，「《奧第絲．湯普遜》絕對是一齣心理戲……或是令人毛骨悚然的心理戲。你認為哪一個聽起來比較好？」

「你今天上午在哪裡？」菲力浦突然問我。「為什麼？噢，當然，你父親……」

他皺起眉頭。此時我更清楚地了解到，我的出現不受歡迎，但是蘇菲亞的手緊緊抓住我的手臂。

克里夢絲把一張椅子移過來。

「坐下來。」她說。

我感激地看了她一眼，接受她的好意。

「隨便你們高興說什麼，」哈薇蘭小姐顯然是在繼續他們原先的話題。「但我真的認為我們應該尊重亞瑞士泰的心願。等這件遺囑的事澄清之後，出於我個人的意願，我的那份遺產全部歸你使用，羅傑。」

羅傑發瘋似地扯著他的頭髮。

「不，艾迪絲姨媽，不！」他叫了起來。

「我真希望我也能這樣說，」菲力浦說，「不過我得考慮到很多因素……」

「親愛的菲力浦，難道你不明白嗎？我不會要任何人的一分錢。」

「他不能要！」克里夢絲突然大聲說。

「無論如何，艾迪絲，」瑪格達說，「如果遺囑的事情弄明白了，他會有他自己的一份遺產。」

「可是，可能來不及挽回了，不是嗎？」尤斯達問道。

「你根本什麼都不懂，尤斯達。」菲力浦說。

「那孩子說得完全正確，」羅傑大聲說，「他說得一針見血。沒有什麼能挽救得了破產一事，沒有。」

他說來帶著某種調侃。

「真的沒什麼好商討的。」克里夢絲說。

「到底，」羅傑說，「這有什麼關係？」

「我認為關係可大了。」菲力浦說完緊抿著雙唇。

「不，」羅傑說，「不！還有什麼比父親去世這件事更重要？父親去世了！而我們卻只會坐在這裡談論錢的事！」

菲力浦蒼白的臉上泛起一絲血紅。

「我們只是想幫忙。」他僵冷地說。

「我知道，菲力浦，我知道。但是任何人都無能為力。所以我們就到此為止吧。」

「我想，」菲力浦說，「我大概可以籌到一筆錢。股票跌了很多，而我的財務又這麼緊，動都動不了，還要弄瑪格達的戲等等，不過……」

瑪格達迅即說：「你當然籌不出錢來，親愛的。這是荒唐的，如果你想要……對孩子來說也不公平。」

「我告訴你們，我不要任何人的任何東西！」羅傑大叫，「我一直這樣告訴你們，聲音都啞了。我相當滿意讓事情就這樣自然發展。」

「這是威望的問題，」菲力浦說，「父親的，我們的。」

「這不是家族的事。這完全是我個人的事。」

「是的，」菲力浦看著他說，「完全是你個人的事。」

艾迪絲．哈薇蘭站起來說：「我想我們已經討論夠了。」她的話帶著無可反駁的權威意味。

菲力浦和瑪格達站起身子。尤斯達懶洋洋地逛出去，我注意到他的步伐僵硬。他並不真的跛腳，但是走起路來一拐一拐的。

羅傑挽起菲力浦的手臂說：「你真慷慨，菲力浦，甚至想到這樣的事！」

兄弟倆一起走出去。

瑪格達喃喃說道：「吵吵鬧鬧的！」也隨著他們走了出去，而蘇菲亞說她必須去幫我準備房間。

艾迪絲．哈薇蘭站著捲好編織針線。她眼睛看向我，我想她是要和我說話。她的眼光帶著近乎懇求的神色。然而她改變主意，嘆了一聲，跟在其他人之後走了出去。

克里夢絲移步到窗口，站在那裡望著花園。我走過去，站在她身旁。她微微轉過頭來向著我。

「謝天謝地，已經過去了，」她說，然後厭惡地加上一句：「好個不自然的房間！」

「你不喜歡？」

「我都快呼吸不了了。總是有一股要死不死的腐花味和灰塵味。」

我認為她這樣說對這個房間並不公平。不過我知道她是什麼意思。這確實是個非常隱祕封閉的空間。

這是個女人的房間，柔和、帶有異國風味，與外界的狂風暴雨全然隔絕。這不是個男人家待久了會感到快樂的房間。這不是個你可以輕鬆下來看看報紙、抽抽菸斗、把腳抬高的房間。然而，我還是比較喜歡這個房間，而不習慣樓上克里夢絲那個抽象自我的房間。整體上來說，我喜歡這個上流婦人的客廳，勝過於她的表演劇場。

她環顧四周，說：「這簡直就像是個舞台，瑪格達表演的布景。」她看著我。「你是了解的，不是嗎？我們剛剛在幹什麼？第二場戲——家庭會議。瑪格達安排的。那毫無意義可言，沒有什麼好談的，沒有什麼好商討的。一切都已確定……結束了。」

她的聲音沒有悲傷的意味，倒是有滿足的味道。她接觸到我的眼光。

「噢，難道你不明白？」她不耐煩地說，「我們自由了……終於！難道你不明白羅傑一直過得很悲慘……非常悲慘，有好幾年了。他根本沒有做生意的才幹。他喜歡牛啊馬啊那些東西，喜歡在鄉間漫步。但是他愛慕他的父親，他們全都這樣。這個家錯就錯在這裡——充斥太多親情了。我的意思並不是說那老人家是個暴君，或是欺壓、剝削他們什麼的。他並沒有。他給他們錢和自由，他為他們犧牲奉獻，而他們也對他如此。」

「這有什麼不對嗎？」

「我想是有。我想，當你的子女長大成人時，你應該讓他們獨立，自己不要露面，悄悄離開，強迫他們忘掉你。」

「強迫他們？這有點太激烈了，不是嗎？用強迫的手段不也是不好的嗎？」

「如果他沒有讓自己具有那樣強烈的性格……」

「你無法讓自己具有強烈的性格，」我說，「他本來就是那樣的性格。」

「他對羅傑來說是太具個性了。羅傑崇拜他，他想要完成父親要他去做的事，他想要成為他父親所希望的那種兒子，他父親把聯合筵席公司交給他——這家公司是老人家特別感到欣慰、驕傲的事業，羅傑努力想要繼承他父親的衣缽。但是他沒有那種能力。就生意上來說，羅傑是——我坦白說——是個傻瓜。而這幾乎讓他心力交瘁。他心情悲戚，拚命掙扎，眼看著整個事業往下跌。他有一些好得不得了的『點子』和『計畫』，卻都總是出錯，讓業務更形惡化。一年又一年地感到自己很失敗是件可怕的事。你不知道他有多麼不快樂。而我知道。」

她再度轉過頭來面對我。

「你以為……實際上你向警方暗示過，羅傑殺害了他父親——為了錢！你不知道這有多麼……多麼地荒謬！」

「我現在知道了。」我低聲下氣地說。

「當羅傑知道他再也撐不下去……知道破產是勢所難免的時候，他反而感到解脫了一般。是的，他是解脫了。他只是擔心父親知道，不擔心別的。他期待著我們計畫中的那種新生活。」

她臉上的肌肉有點顫抖，聲音放柔。

「你們要到什麼地方去？」我問道。

「到巴貝多去。我有個遠房表親住在那裡，不久前才去世，留給我一筆小小的遺產……

噢，不多，但那是個好去處。我們會很窮，但是我們過得下去，那邊的生活費不高。我們會在一起，無憂無慮的，遠離他們所有的人。」

她嘆了一口氣。

「羅傑很可笑，他會為我擔心，怕我吃不了苦。大概那種柳奈家族對金錢的觀念在他惱子裡太根深柢固了。我的前夫還在世時，我們窮得可怕，羅傑認為我那時非常勇敢堅強！他不了解我過得很快樂，真正的快樂！我從沒那樣快樂過。然而……我從沒像愛羅傑那樣愛過理查。」

她的眼睛半閉起來。我知道她那種強烈的感受。

她張開眼睛，看著我說：「所以你知道，我絕對不會為了錢而去殺害任何人的。我不喜歡錢。」

我相當確信她說的是真心話。克里夢絲．柳奈是少數不受金錢左右的人。他們不喜歡奢華，而喜歡儉樸，同時懷疑財富的真正價值。

然而，對很多人而言，金錢雖然對他們起不了作用，但是金錢所帶來的權力卻對他們構成誘惑。

我說：「你或許自己並不想要錢，但是如果好好利用，金錢卻可以用來做很多有趣的事。比如說，可以用來捐助研究工作。」

我猜克里夢絲可能對她的工作懷有狂熱，但是她僅僅說：「我懷疑捐獻能有多少好處。

通常捐獻的錢總是用錯地方。有價值的工作一般都是由具有熱心、衝勁的人所完成的，還有天生的遠見。昂貴的設備、訓練和實驗，無法做出你所冀望的成果，通常這些捐贈的錢都落入了不會使用的人手上。」

「你真願意放棄你的工作到巴貝多去嗎？」我問道，「我想你們還是打算要去吧？」

「噢，是的，警方一准許我們就走。不，我一點也不在乎放棄我的工作。有什麼好在乎的？我不喜歡遊手好閒，但是到巴貝多去容不得我遊手好閒。」她不耐煩地又說：「噢，但願這件事能快快澄清，這樣我們就可以走了。」

「克里夢絲，」我說，「你知不知道是誰幹的？假定你和羅傑沒有涉入（說真的，我不認為你們有嫌疑），那以你的智慧，你一定多少有個概念是誰幹的吧？」

她以某種奇特的方式看了我一眼，突然側瞄一眼。當她開口時，她的聲音不再是自然流露，而是顯得彆扭、難堪。

「不可以用猜的，這樣並不科學，」她說，「只能說，布蘭達和羅倫斯是最明顯的涉嫌人。」

「這麼說，你認為是他們？」

克里夢絲聳聳肩頭。

她站在那裡一會兒，好像在傾聽什麼，然後走了出去，她在門口與艾迪絲．哈薇蘭擦肩而過。

艾迪絲直接走向我。

「我想跟你談談。」她說。

父親的話語浮現我的心頭。這會不會是……

艾迪絲．哈薇蘭繼續說下去。

「我希望你不要誤會，」她說，「我的意思是說，對於菲力浦。菲力浦有點難以了解。他可能看起來十分矜持，又很冷淡，但是事實上絕非如此。那只是態度問題，他禁不住會那樣。」

「我真的沒有認為……」我說了一半。

她繼續說下去。

「還有，關於他看待羅傑的事……他並不是真的那樣吝嗇，他從來就不吝惜金錢。其實他是個可親的人，一直都是個可親的人，但是他需要人家了解。」

我望著她，希望她看得出我真的願意了解。她繼續。

「我想，部分是由於他是家裡的老二。身居老二的孩子經常有……他們一開始就受到阻礙。他愛慕父親，你知道。當然，所有的孩子都愛亞瑞士泰，而他也一樣愛他們。不過，羅傑是他特別喜歡和驕傲的兒子，他是他最大的一個孩子，老大。我想菲力浦也感覺到這一點。所以他退回自己內心的世界。他開始喜歡看書，喜歡上一些與日常生活脫節的古老事物。我想他感覺受傷。小孩子真的會受傷……」

她停頓下來，然後繼續。

「我想，我的意思是，大概他一直都嫉妒羅傑。我想他自己也許並不知道。我想羅傑遭到慘敗……噢，說來好像很醜惡，但我真的確信他自己並不知道，或許菲力浦對這件事並非那麼難過。」

「你的意思是說，他倒有點高興看到羅傑出醜。」

「是的，」哈薇蘭小姐說，「我正是這個意思。」她眉宇微蹙，又加上一句：「你知道，他沒有馬上表示要幫助哥哥，令我感到相當傷心。」

「他何必呢？」我說，「畢竟，把事情搞砸的人是羅傑。他是個成人，夫婦倆又沒有孩子。如果他生病了或是真正有需要，當然他的家人會幫忙。不過我知道羅傑寧可靠自己再從頭開始。」

「噢！他是那樣。他擔心的只是克里夢絲。但克里夢絲是個特殊的女人，她喜歡過不舒適的生活，只要有個茶杯可以喝茶她就覺得夠了。我想就是所謂的現代。她沒有歷史感，沒有美感。」

我感覺到她精明的眼光在上下打量著我。

「這對蘇菲亞來說是個可怕的夢魘，」她說，「我很難過她年輕的心靈會因此蒙上陰影。你知道，我愛他們所有的人。羅傑和菲力浦，而現在則是蘇菲亞和尤斯達還有喬瑟芬。全都是可愛的孩子，瑪西亞的孩子。是的，我很愛他們。」她停頓下來，然後，猛然加上一句說：「不過，你要知道，這是盲目崇拜的一面。」

她猝然轉身離去。我有種感覺，覺得她最後那句話有什麼我不太了解的意義。

15

「你的房間準備好了。」蘇菲亞說。

她站在我身旁，望著花園。花園的景色看起來灰濛蒼涼，葉子掉落無幾的樹枝在風中搖擺。

蘇菲亞說中了我的想法。

「看來多麼荒涼……」

我們正向窗外望著時，一個人影，然後隨即又是另一個人影，從假山庭園穿過紫杉樹籬。在昏暗的光線之下，那兩個人影看起來灰濛濛的不太實在。

第一個是布蘭達．柳奈。她裹在一件灰色栗鼠毛皮外套裡，動作像貓一樣悄然。她帶著一種怪異的優雅在微光下溜過去。

當她經過窗前時，我看到了她的臉。她的臉上半帶著微笑，是我在樓上看過的那種歪曲的微笑。幾分鐘後，看來瘦削、畏縮的羅倫斯．布朗也在微弱的光線下溜過去。我只能這樣說，他們看來不像是在散步或是出去逛逛。他們給人一種鬼鬼祟祟、不太真實的感覺，就像兩具鬼魂。

我不知道究竟是布蘭達或是羅倫斯的腳踩斷了一根樹枝，發出一記響聲。

我出於自然聯想地問道：「喬瑟芬在什麼地方？」

「也許跟尤斯達在樓上的教室裡。」她皺起眉頭。「我很擔心尤斯達，查理。」

「為什麼？」

「他很古怪，情緒不穩。自從得了可惡的小兒痲痺之後，他就變了個人似的。我猜不透他心裡在想些什麼。有時候他好像怨恨我們所有的人。」

「也許他長大了就會好的。這只是個階段。」

「我想大概是吧。不過我真的很擔心，查理。」

「為什麼，心愛的？」

「唉，我想，大概是因為媽媽和爸爸從來都不擔心，他們都沒有做父母的樣子。」

「這樣可能反而更好。干涉比不干涉讓小孩子受苦更深。」

「這倒是實話。你知道，在我出國之前，我從沒想過這個問題，不過，他們真是一對奇怪的一對夫妻。爸爸沉浸在一個晦澀的歷史世界裡，而媽媽則在不斷創造戲劇場景，自得其樂。今天晚上的無聊舉動全是媽媽一個人弄出來的。沒有必要這樣。她只是想演出一場家庭會議的戲。她在這裡感到無聊，你知道，只好製造一場戲出來。」

一時之間，我幻想著蘇菲亞的母親輕率地毒死了她老年的公公，為了親眼見證一場由她主演的凶殺戲。

一個好笑的想法！我如此一想，把這個念頭揮開……然而這個想法帶給我些微的不安。

「媽媽，」蘇菲亞說，「隨時都得看著。你從不知道她在打什麼主意！」

「忘掉你的家人吧，蘇菲亞。」我堅定地說。

「我倒很想這樣，只是目前有點困難。不過我在開羅時，把他們全都忘了，那時倒是過得很快樂。」

我想起了蘇菲亞當時從未提過她的家或家人。

「這就是你當時從來不談他們的原因？」我問道，「因為你想要忘掉他們？」

「我想是的。我們太過依賴彼此了。我們……我們都太喜歡對方了。我們不像有些家庭互相憎恨，那樣一定很糟糕，不過一家人在互相衝突的情感下糾纏、生活，那感覺更慘。」

她接著又說：「這就是我說『我們全都住在一棟歪歪扭扭的小屋裡』的意思。我說歪歪扭扭，意思並不是指不名譽。我的意思是，我們不能獨立長大，自己站起來，站得直直的。我們全都有點扭曲變形。」

蘇菲亞加上一句話：「就像野生旋花草……」

我想起了哈薇蘭小姐用鞋跟把野草蹂進土裡的樣子。

這時，瑪格達進來——猛然推開門——大叫：「親愛的，為什麼你們不把燈點上？天都暗了。」

她按下開關，牆上、桌上的燈都跳射出來，她、蘇菲亞和我把厚重的玫瑰窗簾拉上，然後我們全都在花香撲鼻的室內，瑪格達往沙發上一躺，大聲說道：「好不可思議的場面，不是嗎？尤斯達好生氣喔！他告訴我說，他認為那真是不道德。男孩子是多麼可笑啊！」

她嘆道：「羅傑倒是很可愛。我喜歡他猛抓他的頭髮，想把一切推翻掉的樣子。艾迪絲說要把她分到的遺產全部給他也真是可愛，不是嗎？她是真心的，你們知道，不只是故作姿態而已。不過那樣說真是笨得可以……那會讓菲力浦以為他也應該那樣！艾迪絲當然願意為這一家人付出一切！老處女對姐姐的孩子最溺愛了。有一天我要扮演一下那種犧牲奉獻的老處女姨媽角色。好奇、頑固、全心奉獻。」

「她姐姐去世之後，她一定很難過，」我趕緊說，免得又要聽她談她的角色。「我的意思是說，如果她那麼不喜歡老柳奈。」

瑪格達打斷我的話。

「不喜歡他？誰告訴你的？胡說！她根本是愛著他。」

「媽！」蘇菲亞說。

「不要跟我爭辯，蘇菲亞。在你這種年齡，你以為所謂的愛就是兩個漂亮的年輕男女在月光下談情說愛。」

「她告訴我，」我說，「她一直不喜歡他。」

「或許她剛來的時候不喜歡。她很氣她姐姐嫁給他，也許他們有某種對立存在……但是她是愛上了他沒錯！親愛的，我知道我自己在說什麼！當然啦，因為是亡妻的妹妹等等原因，他不能娶她，而且我敢說他也沒想過要娶她……當然很可能她也沒想過。她帶著孩子，跟孩子吵吵鬧鬧，相當快樂。但是她可不高興他娶了布蘭達。她一點也不喜歡！」

「你和爸爸還不是一樣。」蘇菲亞說。

「是的，我們當然憎恨！自然嘛！但是艾迪絲是最恨的一個，親愛的，我看她看著布蘭達的樣子就知道了！」

「夠了，媽。」蘇菲亞說。

瑪格達深刻而半感愧疚地瞄了她一眼，有如一個被寵壞了的淘氣孩子。

她繼續說下去，顯然沒了解到有什麼前後不連貫的地方。

「我已經決定讓喬瑟芬上學去。」

「喬瑟芬？上學去？」

「是的，到瑞士去。我打算明天就去辦這件事。我認為我們應該馬上把她送走，讓她捲入這種可怕的事是不好的。她變得愈來愈病態了。她需要和她同年紀的小孩以及學校生活。我一向都這樣認為。」

「祖父不想讓她上學去，」蘇菲亞慢慢地說，「他非常反對。」

「那個老甜心喜歡我們大家都在他眼前。老人家都很自私。小孩子應該和其他小孩子在一起。而且瑞士那地方對人的身心健康有益——冬季運動，空氣，還有比我們這裡好得太多太多的食物！」

「依現在的外匯管制法令，要安排到瑞士去有點困難吧？」我問道。

「胡說，查理。有人專門安排這種讀書的事，或者你可以跟一個瑞士的孩子交換，多得是方法。魯道夫・阿斯特人在諾杉尼。我明天打電報給他，叫他安排一切。我們這個禮拜之內就可以把她送走！」

瑪格達打了一下墊枕，對我們微微一笑，走向門去，站立一會兒，回過頭以相當迷人的姿態看著我們。

「只有年輕人才是重要的，」她說，這句話在她說來很美。「總是必須優先考慮他們。還有，親愛的，想想那些花朵，那藍色的龍膽、水仙……」

「在十一月天？」蘇菲亞問道，但是瑪格達已經走了。

蘇菲亞氣憤地嘆了一大口氣。

「真是的，」她說，「媽太惹人討厭了！她每次突然想到什麼主意，就馬上拍出幾千封電報，然後什麼事情都想在短短的時間內安排好。為什麼喬瑟芬要被這樣慌慌張張地趕到瑞士去？」

「或許她有什麼用意吧。我想，和同年紀的孩子在一起，對喬瑟芬來說是件好事。」

「祖父不這樣認為。」蘇菲亞固執地說。

我感到有點氣憤。

「我親愛的蘇菲亞，你真的認為一個八十多歲的老人知道什麼對一個孩子最好嗎？」

「他可以說完全知道什麼對這屋子裡的每個人最好。」蘇菲亞說。

「比你的艾迪絲姨婆好？」

「不，或許不比她好。她贊成她上學校去。我承認喬瑟芬是變得有點難以管教……她有到處窺探的壞習慣。不過我真的認為她只是在玩偵探遊戲。」

瑪格達這項突然的決定真是為了喬瑟芬的福利著想嗎？我懷疑。喬瑟芬知悉一切，這些事情正好都發生在謀殺之前，而且根本不干她的事。充滿了各種運動遊戲的健康學校生活或許對她很有益處。但是我倒有點懷疑，瑪格達做這項決定太過倉卒緊急……瑞士可是遠在他方啊！

16

老爸說過：「讓他們跟你談話。」

第二天我在刮鬍子時，想著我目前進行到了什麼地步。

艾迪絲·哈薇蘭已經和我談過……她已經完成了跟我談話的特殊目的。克里夢絲和我談過（或是我和她談過？）。瑪格達就某方面來說，可以算是和我談過……也就是說，我是她某次廣播表演的聽眾。蘇菲亞當然跟我談過。甚至姆媽也和我談過了。我聽過她們所說的話之後，有沒有變得更清明一點？有沒有發現任何具有特殊意義的話語？更進一步說，有沒有嗅出我父親所強調的那種反常的自負？我看不出來有什麼。

唯一表明完全不想跟我以任何方式談任何話題的人，是菲力浦。就某方面來說，這不是有點不正常嗎？他到現在一定知道我想要娶他女兒了。然而他還是繼續表現得好像我根本不在這屋子裡一樣。想必他怨恨我出現在這裡。艾迪絲·哈薇蘭已經代他向我道歉過。她說那只是「態度問題」。她很關心菲力浦。為什麼？

我想著蘇菲亞的父親。他從各方面看都是個壓抑型的人。他以前是個嫉妒、不快樂的孩子，他被迫退進自己的內心世界。他埋入書本裡，逃進歷史中。在他那苦學的冷漠和矜持的外表之下，可能深藏著偌多熱烈的感情。謀奪父親遺產這個動機並不具說服力。我一點也不認為菲力浦．柳奈會為了自己並不想要的錢財而殺害父親。不過可能有某種深沉的心理因素促使他要置他父親於死地。菲力浦搬回父親家裡來住，後來，由於躲避空襲，羅傑來了……菲力浦不得不一天又一天看著羅傑受著父親寵愛……這些自小到大點點滴滴的事情湧現他飽受折磨的心頭，可不可能讓他想到，唯一的解脫之道是讓父親死掉？而且假如父親死掉的罪名可以落到哥哥頭上——羅傑缺錢用，瀕臨破產邊緣……但是，在不知道羅傑和他父親有過一次面談以及後者要提供協助的情況下，菲力浦不可能預料到會出現這麼強力的證據足以馬上讓羅傑受到懷疑吧？菲力浦的精神狀態是不是很不平衡，已經足以導致他犯下謀殺案？

我刮傷了自己的下巴，詛咒了一聲。

我到底該怎麼辦？把謀殺罪名定在蘇菲亞父親的頭上？這下妙了！這可不是蘇菲亞找我來的目的。

或者……有嗎？有點什麼，一直有什麼隱藏在蘇菲亞的懇求之後。如果在她的心裡有任何盤桓不去的懷疑，懷疑她父親是凶手，那麼她絕不會同意嫁給我……以備她的懷疑可能成真。而且她是蘇菲亞，她眼光雪亮，勇敢無懼，她想要知道事實的真相，如果她心裡不確定，那會在我們倆之間構成永遠的障礙。
事實上，她不是對我說過了嗎：「證明我所想像的這件可怕事端不是真的——但是，如果是真的，那麼就證明給我看——我必須知道最壞的後果，同時面對它！」
艾迪絲．哈薇蘭是不是知道或懷疑菲力浦有罪？她說「這是盲目崇拜的一面」是什麼意思？
還有，當我問克里夢絲懷疑誰，她回答「羅倫斯和布蘭達是最明顯的涉嫌人，不是嗎」時，投給我的那種奇特眼光是什麼意思？
這一家人都希望是布蘭達和羅倫斯，希望可能是布蘭達和羅倫斯，但是並不真的相信是布蘭達和羅倫斯……
或者，可能是羅倫斯，而不是布蘭達……
這會是個好多了的答案。
我那刮傷的下巴已不再流血，我放開原先按壓著的手，下樓去吃早餐，決心盡快與羅倫斯．布朗談談。
直到我喝第二杯咖啡時，才突然感覺到畸屋的氣氛也感染到我了。我也想要找出……不是真正的答案，而是最適合我的答案。
吃過早餐之後，我走出去，越過門廳，爬上樓梯。蘇菲亞告訴過我，羅倫斯正在教室裡教導尤斯達和喬瑟芬。

我在布蘭達的家門外猶豫了一下。我是要敲門按鈴，或是直接走進去？我決定把這屋子看作是柳奈家的一部分，而不是布蘭達私人的住處。

我打開門，走進去。裡面安安靜靜的，似乎沒有人在。在我左手邊那個通往大客廳的木門關著，右手邊的兩扇門則開著，那是亞瑞士泰·柳奈的臥室和緊臨臥室放置伊色林和胰島素的浴室。現在警方已經檢查完畢。我推開門，悄悄走進去。當下我便了解到，這屋子裡的任何一個人（或是任何外來的人！）要不被人發現、悄悄上樓到這間浴室來是多麼容易的事情。

我站在浴室裡，環顧四周。這裡頭豪華地鋪滿了閃閃發光的瓷磚，還有一個浴缸。另一邊擺著各種電氣用品：一個電水壺底下擺著一具電熱器、一個小電鍋、一個烤麵包機，一切侍奉一個老人必須用上的東西。牆上是一座白色搪瓷壁櫥。我打開它。裡頭是各種醫療用品、兩個吃藥用的玻璃杯、洗眼器，點眼器、以及一些貼著標籤的瓶瓶罐罐。阿斯匹靈、硼酸粉、碘酒、伸縮繃帶等等。在另外一層架子上，堆積著胰島素，兩支皮下注射針筒和一瓶酒精。第三層架子上是個標明用量的藥瓶——「遵照醫生指示，每晚吃一至兩片」。在這層架子上，無疑地，也擺著眼藥水瓶。一切清清楚楚，整理得有條不紊，任何人想要什麼，隨手就可拿到，要拿什麼來當謀殺的工具也是同樣唾手可得。

我可以隨意亂動那些瓶瓶罐罐，然後悄悄溜下樓去，沒有人會知道我去過那裡。當然，這一切都不是什麼新發現，但這讓我體會到警方的工作有多困難。

只有從凶手的身上才能查出什麼來。

「讓他們慌張，」泰文勒對我說過。「讓他們不得安寧。讓他們認為我們是在找什麼東西。讓我們成為他們注意的焦點。如果我們這樣做，凶手遲早會想要再露一手，好表現得更聰明一點，不再袖手旁觀……然後，我們就逮到他了。」

到目前為止，凶手還沒有對這一劑「處方」起反應。

我走出浴室。還是沒看到人。我沿著走廊前進，經過左手邊的飯廳和右手邊布蘭達的臥房以及浴室。一個女傭在布蘭達的房間裡走動。飯廳的門關著。在飯廳過去的一個房間裡，我聽到艾迪絲．哈薇蘭在打電話給魚販。一道螺旋形的樓梯通往樓上。我舉步踏上去。我知道艾迪絲的臥房和客廳在這裡，還有另外兩間浴室和羅倫斯．布朗的房間。再過去是一道短階梯，下通一間蓋在僕人宿舍頂上用來做教室的大房間。

我在門外暫停下來。聽到布朗有點上揚的聲音從裡頭傳出來。

我想喬瑟芬一定很難以抗拒窺探的欲望。我相當無恥地貼在門上聽著。

裡頭上的是歷史課，上到法國大革命的執政內閣時期。

我聽著聽著，驚愕得張大眼睛。發現羅倫斯．布朗是個了不起的教師讓我感到相當驚訝。

我不知道為什麼我會感到這麼驚訝。亞瑞士泰．柳奈一向是個選擇能力很好的人。撇開羅倫斯外表上的羞怯、懦弱不談，他實在具有挑起學生熱情與想像力的高度才能。瑟密多的戲劇性格、羅伯斯比的放逐宣判、巴拉斯的莊嚴、福謝的狡猾、窮困潦倒的年輕砲兵中尉拿破崙……這一切在他講來都是栩栩如生。

突然，羅倫斯停了下來，他問尤斯達和喬瑟芬一個問題，要他們扮演一個人物，然後再扮演另一個人物。他從喬瑟芬身上問不出多少結果來——她的聲音聽起來好像感冒了，但是尤斯達的回答語氣不像平常那般喜怒無常。他表現出他的聰明和智慧，還有無疑遺傳自他父親的敏銳歷史感。

然後我聽到椅子被推開、刮過地板的聲響。我退回到樓階上，門打開時，我裝作正要走下樓梯的樣子。

尤斯達和喬瑟芬走出來。

「嗨。」我說。

尤斯達見到我顯得很驚訝。

「你想要找什麼嗎？」他禮貌地問。

喬瑟芬對我的出現不感興趣，從我身邊溜過去。

「我只是想看看教室。」我的理由有點薄弱。

「你那天就看過了，不是嗎？這裡只不過是小孩子的地方，以前是嬰兒室，裡面還放著很多玩具。」

他幫我把門推開，我走了進去。

羅倫斯・布朗站在桌旁。他抬起頭來看我，臉一陣發紅，喃喃說了什麼以回答我的道早聲，然後就匆匆忙忙走出去。

「你把他嚇著了。」尤斯達說，「他很容易被嚇到。」

「你喜歡他嗎，尤斯達？」

「噢！他還好。一個笨蛋罷了。」

「不過，不是個壞老師吧？」

「不，事實上，他相當有趣。他知道很多。他讓你從不同的角度來看事情。我從不知道亨利八世會寫詩——寫給安妮・波里安——非常高雅的詩。」

我們談了一陣子，話題諸如「古老水手」、十四世紀詩人喬叟、十字軍的政治意義、中世紀的生活方式，以及令尤斯達感到驚訝的事實——奧立佛・克倫威爾禁止民眾慶祝耶穌聖誕。我感知到，在尤斯達火爆桀驁的外表之下，有著一顆追根究柢的好腦袋。

我很快開始了解到他脾氣不好的根源。他的病不只是一場嚇人的夢魘，而且是一種挫折與退步……就在他的生活過得津津有味時。

「我下學期就上十一年級，我已經長大了。還要待在家裡和喬瑟芬那樣不健全的小鬼一起上課實在是受不了。她才十二歲而已。」

「是的，不過你們上的課不同吧？」

「不同，她不用上高級數學或拉丁文。但你不會想和一個女孩共有一個家庭教師。」

我說喬瑟芬以她的年齡來說相當聰明，試著撫慰他受傷的男性尊嚴。

「你這樣認為？我認為她非常討厭。她瘋狂地熱中那些偵探遊戲——到處窺探，記在一本黑色小筆記本上，裝出她發現很多事情的樣子。她只不過是個笨小鬼而已，」尤斯達高傲地說，「不管怎麼樣，」他接著又說：「女孩子做不了偵探，我這樣告訴過她。我想媽說得相當對，喬愈早到瑞士去愈好。」

「你不會想念她嗎？」

「想念她那年齡的小鬼？」尤斯達傲慢地說，「當然不會。我的天啊，這個屋子真是憋死人了！媽總是跑到倫敦去，威脅利誘一些善良的劇作家替她寫劇本，一天到晚吵吵鬧鬧、大驚小怪、無事自擾。而爸爸整天關在他的書房裡，有時候你跟他講話他都沒聽進去。我不明白為什麼我會有這樣奇特的父母。再來是羅傑伯伯，他總是親切得讓你毛骨悚然。克里夢絲伯母還好，她不會來煩你，不過我有時候覺得她精神有點問題。艾迪絲姨婆還不算太壞，但她也老了。自從蘇菲亞回來之後，生活就比較愉快一點……儘管她有時候相當嚴厲。不過這是個古怪的家，你不認為嗎？有個年輕得足以當你阿姨或是大姐姐的續弦祖母……我的意思是說，這讓你感到非常受不了！」

我很了解他的感受。我（非常模糊地）想起了我自己在尤斯達這個年齡時的過分敏感，想起了我對任何不正常——或是對我不正常——的近親所產生的恐懼。

「你爺爺呢？」我說，「你喜不喜歡他？」

一個奇怪的表情掠過尤斯達的臉上。

「爺爺……」他說，「是完完全全的反社會！」

「怎麼說？」

「他除了利益之外什麼都不想。羅倫斯說那是完全錯誤的。而且他是個道地的個人主義者，這種人應該早早死去得好，你不認為嗎？」

「呃，」我有點殘忍地說，「他是死了。」

「死得好，真的，」尤斯達說，「我並不是無情，不過在那種年齡，你真的無法享受生活！」

「他沒有享受生活嗎？」

「他無法享受。無論如何，是該他走的時候了。他……」

羅倫斯・布朗回到教室裡來，尤斯達中斷下來。

羅倫斯在翻尋著一些書，不過我想他是在用眼角餘光看著我。

他看了一下腕錶說：「請準時十一點回到這裡來，尤斯達。我們前幾天浪費掉太多時間了。」

「好的，先生。」

尤斯達逛向門去，吹著口哨走了。

羅倫斯・布朗猛然又以銳利的眼光看了我一眼，一兩度潤潤雙唇。我相信他回到教室來主要是為了和我談話。

稍後，在漫無目的地翻動過書本、假裝他要找的書不見了之後，他開口說：「呃……他們進行得怎麼樣了？」

「他們？」

「警方。」

他的鼻子扭動。一隻掉入陷阱的老鼠，我想，一隻掉入陷阱的老鼠。

「他們沒把我當心腹。」我說。

「噢，我以為令尊是副局長。」

「他是，」我說，「不過，當然他不會洩漏公務機密。」

我故意說得輕佻。

「那麼你不知道情況……如何……如果……」他的聲音拉長、中斷。「他們不會有逮捕行動吧？」

「據我所知是沒有。不過，如同我所說的，我不知道。」

讓他們不得安寧，泰文勒探長說過，讓他們慌張。羅倫斯．布朗是慌了沒錯。

他講起話來開始變得緊張、快速。

「你不知道那是什麼滋味……緊張、不知道該……我的意思是說，他們來來去去，問各種問題……看來好像和案子無關的問題……」

他中斷下來。我等著。他想要說話，那好，就讓他說吧！

「那天泰文勒探長做出那個要不得的暗示時你在場吧？就是說柳奈太太和我……真是要不得。我好無助。你無法阻止別人這樣想！這一切都不是實情。就因為她……比她丈夫年輕好幾歲。人們的想法真可怕，真可怕的想法……我感到……我不禁感到這一切是個陰謀。」

「陰謀？這倒有趣。」

是有趣，儘管不是他所想的那種有趣。

「這一家人，你知道，柳奈先生的家人，從來就不認同我。他們總是冷冷淡淡的。我感到他們很輕視我。」

他的雙手開始發起抖來。

「就因為他們有錢……有勢，他們就看不起我。在他們看來，我算什麼？只不過是個家庭教師，只不過是個可憐、有良心的反戰者。我的反戰是本諸良知的。真的是本諸良知！」

我什麼都沒說。

「好吧，」他突然大聲說，「萬一我……怕了呢？我怕我會弄得一團糟。我怕我不得不扣扳機時沒有辦法扣下去。你怎麼確定你要射擊的是個納粹黨徒？那可能是某個高尚的少年，某個鄉村小孩，毫無政治認識，只是應徵入伍。我深信戰爭是錯誤的，你了解嗎？我深信它是錯誤的。」

我仍然默不作聲。我相信我的沉默勝過一切言語所能達到的效果。羅倫斯・布朗正在和他自己爭辯，這樣一來，他就暴露了很多內心世界。

「每個人都在嘲笑我。」他的聲音顫抖。「我好像有讓自己顯得可笑的天賦。並不是我缺乏勇氣，不過我總是做錯事。我衝進一棟起火的房子去救一個被困在裡頭的女人。但我一進去就迷路了，濃煙把我燻得昏迷不醒，消防隊員費了很多工夫才找到我。我聽見他們說：『為什麼這個笨蛋不把事情留給我們來做？』我再怎麼努力都沒用，每個人都和我作對。不管是誰殺害了柳奈先生，反正他是故意設計讓我受到懷疑。某人殺害了他以便毀掉我。」

「柳奈太太呢？」我問道。

他臉一下紅了，瞬間變得比較不像是隻老鼠，而是像個男人。

「柳奈太太是天使，」他說，「天使。她的可愛，她對她老丈夫的仁慈，都是很了不起的。把她和毒殺案想在一起是可笑的，可笑的！而那個笨探長竟然看不出來！」

「他有偏見，」我說，「受到那些老夫被少妻毒死的檔案所影響。」

「令人無法忍受的大笨蛋。」羅倫斯・布朗氣憤地說。

他走向角落的書架，開始隨意翻動書本。我不認為我還能再從他身上探到什麼，便慢慢走出去。

當我沿著走廊前進時，左方的一道門打開，喬瑟芬幾乎跌到我身上。她的出現有如聖誕節童話劇裡的魔鬼那樣突然。

她的臉上、手上都髒兮兮的，一隻耳朵上黏著一片飄動的蜘蛛網。

「你到哪裡去了，喬瑟芬？」

我窺視那道半開著的門。幾道階梯通往一個閣樓般的長方形空間，隱隱約約可以看到一些大水槽。

「在水槽室裡。」

「為什麼跑到水槽室裡？」

喬瑟芬一本正經地回答：「做調查。」

「那些水槽有什麼好調查的？」

對於這個問題，喬瑟芬僅僅回答：「我得洗一洗。」

「說得也是。」

喬瑟芬消失在最近的浴室裡。她回過頭說：「我想是發生第二件謀殺案的時候了，你不認為嗎？」

「你這是什麼意思……第二件謀殺案？」

「小說裡在這種時候總會有第二件謀殺案發生。某個知道什麼的人，在他能告訴你他知道些什麼之前被幹掉了。」

「你看了太多偵探故事，喬瑟芬。真正的生活並不是那樣的。再說，如果這屋子裡有任何人知道什麼，看來他們是不會去談論的。」

喬瑟芬的回答被水聲沖得有點模糊不清。

「有時候是一些他們不知道自己知道的事。」

我眨眨眼，試著想通這句話。然後，留下喬瑟芬在那裡沖洗，我下樓去了。

就在我走向樓梯口時，布蘭達快步從客廳出來。

她走近我，一手擱在我的手臂上，抬頭看著我的臉。

「怎麼樣？」她問道。

她和羅倫斯一樣在探詢消息，只是問的方式不一樣。而她簡簡單單的三個字有效多了。

我搖搖頭。

「沒什麼。」我說。

她長長嘆了一口氣。

「我很害怕，」她說，「查理，我很害怕……」

她的恐懼是真實的。在那狹窄的空間裡，它明顯地傳達到我身上。我想讓她安心，想幫助她。我再次有那種強烈的感覺，覺得她非常孤單地處在充滿敵意的險境裡。她或許會大叫出來：「誰是站在我這一邊的？」而答案會是什麼？羅倫斯．布朗？而羅倫斯．布朗又是什麼？他缺乏在困境中可以依賴的力量。一艘無力的船。我想起了他們兩人前一天晚上在花園裡飄浮的景象。

我想幫助她，我非常想要幫助她。但是我沒多少可說可做的。而且在我心底深處有種難堪的愧疚感，好像蘇菲亞正在以輕蔑的眼光看著我一樣。我想起了蘇菲亞的話：「布蘭達完全迷住你了。」

蘇菲亞不明白——不想要明白——布蘭達的立場。孤單一個人，被懷疑是凶手，沒有一個人站在她這一邊。

「驗屍審訊明天開庭，」布蘭達說，「會……會發生什麼呢？」

這我倒可以讓她安心。

「不會有什麼，」我說，「你不用擔心。他們會延期讓警方去偵查。雖然這或許會引來新聞界大做文章。到目前為止，各報都沒有暗示這不是自然死亡。柳奈家族很有影響力。但是審訊一延期……哦，好戲就開鑼了。」

（多麼奇怪的說法！好戲！為什麼我一定要選用這種字眼！）

「他們……他們會很可怕嗎？」

「如果我是你，我不會接受任何訪問。你知道，布蘭達，你應該請個律師……」她非常恐慌地喘了一口氣。

「不，不，不是你想的那種意思。不過是找個人保護你的權益，提供你一些意見，像什麼是該說該做的，什麼是不該說不該做的。你知道，」我加上一句說：「你非常孤單。」

她握住我臂膀的力道加重了。

「是的，」她說，「我了解。你已經幫了忙，查理，你已經幫了忙……」

我走下樓去，帶著一種溫暖、滿足的感覺……然後我看到蘇菲亞站在樓下大門邊。她的聲音冰冷，有點乾澀。

「你可去得真久，」她說，「他們從倫敦打電話來找你。你父親要你回去。」

「到蘇格蘭警場？」

「是的。」

「不知道他們找我幹什麼。他們沒說嗎？」

蘇菲亞搖搖頭，她的眼神焦慮。我一把摟過她來。

「別擔心，親愛的，」我說，「我會很快回來。」

／17

我父親的辦公室裡有種緊張的氣氛。老爸坐在他辦公桌後頭，泰文勒探長倚在窗緣上。客人的座椅上坐著蓋斯奇先生，他一副很不高興的樣子。

「必須特別保密。」他酸溜溜地說。

「當然，當然。」我父親安慰他說，「啊，查理，你來得正好。有個令人吃驚的事情發生了。」

「史無前例。」蓋斯奇先生說。

顯然有什麼令這小律師不高興到骨子裡去了。泰文勒探長在他身後對我露齒一笑。

「我可以重述一下要點吧？」我父親說，「蓋斯奇先生今天上午接到一封令人意外的信。來自亞格多波若先生，狄爾弗餐廳的老闆。他是一個很老的人，希臘人，他年輕時受過亞瑞士泰．柳奈先生的幫忙，以友相待。他一直深深感激他的朋友和恩人，而且好像柳奈先生非常信賴他。」

「我從沒想到柳奈先生會是這麼多疑、神祕的人，」蓋斯奇先生說，「當然啦，他年紀大了……大概是老迷糊了。」

「這和民族性有關，」我父親溫和地說，「你知道，蓋斯奇，當你年紀很大時，你的心裡會非常留戀年輕的日子和年輕時的朋友。」

「可是四十多年來，柳奈的事務一直都是我在經手，」蓋斯奇先生說，「說得精確一點，是四十三年又六個月。」

泰文勒再度露齒一笑。

「發生什麼事了？」我問道。

蓋斯奇先生張開嘴巴，不過我父親搶在他前面開口。

「亞格多波若先生在他的信件上說，他身負他朋友亞瑞士泰．柳奈的一些指示。簡單來說，大約一年前，柳奈先生託給他一個密封的信封，要他在柳奈先生一去世馬上寄給蓋斯奇先生。由於亞格多波若先生去世了，他的兒子，柳奈先生的教子，遂繼續負責執行這項指示。亞格多波若先生為他拖延了此事道歉，解釋說，他得到肺炎，臥病在床，昨天下午才知道他教父去世的消息。」

「這麼處理真是最最外行不過的了。」蓋斯奇先生說。

「當蓋斯奇先生打開信封查看裡面是什麼東西時，他覺得他有責任……」

「在這種情況之下。」蓋斯奇先生說。

「讓我們看看。信封裡面有一份簽好名並有證人副署的遺囑，還附有一封信說明。」

「這麼說，遺囑終於露面了？」我說。

蓋斯奇先生臉色發紫。

「不是原來的那份遺囑，」他吼著，「這不是我應柳奈先生要求擬成的那份遺囑。這一份是他親手寫的，這是外行人幹的最最危險的事。看來好像是柳奈先生有意讓我出醜。」

泰文勒探長努力想安撫他的苦楚。

「他是個非常老邁的紳士，蓋斯奇先生，」他說，「人上了年紀都會怪怪的，你知道……當然，不是怪里怪氣，只是有一點點反常而已。」

蓋斯奇先生鼻子哼了一聲。

「蓋斯奇先生打電話給我們，」我父親說，「告訴我們遺囑的主要內容，我要他到這裡來，把那兩份文件也一起帶來。同時我也打電話找你，查理。」

我不明白為什麼要打電話給我。在我看來，這項舉動就我父親及泰文勒來說都非常不合程序。我到時候自然會知道遺囑的內容，而且老柳奈怎麼分配他的遺產跟我一點關係都沒有。

「是不同的遺囑嗎？」我問道，「我的意思是說，這份遺囑對他的遺產分配有所不同嗎？」

「的確有所不同。」蓋斯奇先生說。

我父親抬起頭來。泰文勒探長謹慎地看著我。我感到莫名的不安……

他們兩人的腦子裡都在想著什麼，而我卻一點線索都沒有。

我以探詢的眼光看著蓋斯奇。

「這沒有我的事，」我說，「不過……」

他有了反應。

「柳奈先生的遺產分配當然不是什麼祕密，」他說，「我想我有責任讓警方先知道一下，然後由他們指引我接下去的行動。我知道，」他停頓一下。「你和蘇菲亞・柳奈小姐之間有……我們姑且說，你們之間彼此有一份了解吧？」

「我希望跟她結婚，」我說，「但是目前她不會同意。」

「這是非常恰當的想法。」蓋斯奇說。

我不同意。但這不是爭論的時候。

「這份遺囑，」蓋斯奇先生說，「立於去年十一月二十九日，柳奈先生除了留給他太太十五萬英鎊外，其餘的財產，全部遺留給他的孫女兒蘇菲亞・凱莎琳・柳奈。」

我喘了一大口氣。我沒料到內容會是這樣。

「他全部都留給蘇菲亞，」我說，「多不尋常的做法！有任何理由嗎？」

「他在信上把理由說明得非常清楚，」我父親說，他從面前的桌上拿起一張信紙。「你不反對讓查理看看這封信吧，蓋斯奇先生？」

「隨你們高興，」蓋斯奇先生冷淡地說，「至少這封信提供了說明……而且或許（儘管這一點我感到懷疑）為柳奈先生不尋常的行為提供了一個藉口。」

老爸把信遞給我。是用很濃的黑墨水和彆扭難認的小字體寫成的。字體表現出筆者的獨特個性，那一點也不像是個老人寫的字……除了摺信的謹慎手法。這種摺信的方式很過時了，在識字人口不多、信件被視為珍寶的年代，人們大都採用這種摺信方式。只有這點稍可表示是老人寫的信。

親愛的蓋斯奇：

接到這封信時你或許會感到驚愕，或許還會感到受冒犯。在你看來好像我沒有必要這樣神祕兮兮，但是我自有我的理由。長久以來，我便深信人有個別的獨特性。在一個家庭裡（我從小便觀察到這一點，而且永記心頭），總是會出現一個堅強的人，而且通常照顧其餘家人的重任都會落到這個人身上。在我的家庭裡，我就是這個人。我來到倫敦，在這裡建立起自己的事業，奉養我在斯麥那的母親和年老的祖父母，使我的一個兄弟免受牢獄之災，幫助我姐姐解決不幸福的婚姻，安度自由的晚年等等。上帝因此龍心大悅，給了我長壽的生命，使我得以照顧我的子女和他們的子女。他們有很多已被死神奪去；其餘的，我很高興地說，都生活在我的庇護之下。當我死去時，我所擔當的責任必須移交到某人身上。我跟自己辯論過，究竟要不要把我的財富公平分配給我所心愛的後代……但是這樣一來，最後絕不可能有最好的結果。人不是生來平等的，為了彌補天生的不平等，人必須加以匡正，以求平衡。換句話說，有個人必須是我的接棒人，必須把照顧其他家人的重任放在他或者是她的肩上。在仔細的觀察之後，我不認為我的兩個兒子當中有誰適合挑起這個重任。我心愛的兒子羅傑沒有生意頭腦，儘管天性善良，但是太容易受感情驅使，不可能有良好的判斷力，我覺得十分惋惜。我的另一個兒子菲力浦太沒有自信心了，以至於除了自現實生活中退縮之外，一無所為。我的孫子，尤斯達，還太年輕，而且我不認為他具有必要的常識和判斷能力。他生性懶惰，還非常容易受他人影響。在我看來，只有我的孫女蘇菲亞具有必要的性格。她有頭腦、有判斷力、有勇氣和不偏不倚的公平心腸，而且我認為，還有慷慨大方的氣度。我把我一家人的福祉都託付給她……還有我仁慈的小姨子艾迪絲．哈薇蘭的福祉；對於她一生對我們這一家人的奉獻，我深深感激。

以上應該說明了這封信所附上的文件內容。比較難以解釋的——或者該說是比較難以向你解釋的，我的老友——是我所採用的欺瞞手段。我認為不讓我的家人猜測我的財產分配是明智的，而且我無意讓家人知道蘇菲亞是我的財產繼承人。由於我的兩個兒子已經得到我相當數目的財產贈與，我不覺得我的財產分配會讓他們感到羞辱。

為了凍結好奇和猜測，我要你為我擬一份遺囑。我當著家人的面把你所擬的遺囑大聲唸給他們聽。我把它放在我的書桌上，用一張吸墨紙蓋在上面，同時要兩個僕人來。當僕人來到時，我把吸墨紙往上移一點，露出遺囑的底部，簽上我的名字，也叫他們各自簽上名。不用多說，我和他們簽的是我現在附上的這份遺囑，而不是你所擬寫及我大聲唸給他們聽的那一份。

我不敢冀望你會了解我耍這一招的苦心。我只能請你原諒我把你蒙在鼓裡。年紀很大的老人總喜歡保有自己的小祕密。

謝謝你，我親愛的朋友，謝謝你一向對我的事務勤勉照料。請代向蘇菲亞致上我的深深愛意。要她好好照顧全家人，不要讓他們受到傷害。

亞瑞士泰．柳奈謹上

我專心致志地看完這封令人驚嘆的文件。

「古怪。」我說。

「非常古怪，」蓋斯奇先生提高嗓門說，「我再說一遍，我想我的老朋友柳奈先生應該信得過我才是。」

「不，蓋斯奇，」我父親說，「他是個天生愛作怪的人。他喜歡──如果我可以這樣說的話──不按牌理出牌。」

「沒錯，長官，」泰文勒說。「他真是個天生愛做怪的人！」他頗有感觸地說。

蓋斯奇先生怒氣未消地悄悄離去。他的職業驕傲深深受到了傷害。

「這對他打擊很深，」泰文勒說，「非常有名望的公司，蓋斯奇．卡藍姆公司，從不詐欺。老柳奈若有什麼不很乾淨的事，從不透過蓋斯奇．卡藍姆公司辦理。他有半打以上的律師事務所幫他辦事。噢，他是個愛作怪的人沒錯！」

「從立下這份遺囑這件事最可以看出來了。」我父親說。

「一想到，」泰文勒說，「唯一能玩那份把戲的人就是那老小子自己，實在覺得自己夠笨了。我們竟然都沒想過他可能這樣搞！」

我想起了喬瑟芬高傲地說：「警方不是很笨嗎？」

但是宣讀遺囑時喬瑟芬並未在場。而且即使她在門外偷聽（這我倒十分相信！），她也不可能猜出爺爺在幹什麼。那麼，為什麼她會擺出那副高人一等的樣子？她到底知道了什麼，所以說警方笨？或者，這只是一種炫耀而已？

我警覺到室內的沉靜，猛然抬起頭來……我父親和泰文勒兩人都在望著我。他們的態度有些什麼，令我突然抗議地大聲說：「這件事蘇菲亞不知道！全然不知道。」

「不知道？」我父親說。

我不太清楚他這句話到底是表示同意或只是一個問題。

「她會嚇一大跳！」

「是嗎？」

「嚇一大跳！」

一陣停頓。然後，我父親桌上的電話鈴聲突然響起。

「喂？」他拿起話筒聽著，然後說：「接過來。」他看著我。「你的女朋友打來的，」他說。「她要跟我們說點事情。緊急的事。」

我接過話筒。

「蘇菲亞？」

「查理，是你嗎？是……喬瑟芬！」她的聲音有點嘶啞。

「喬瑟芬怎麼啦？」

「她頭部受傷，腦震盪。她……相當嚴重，他們說她可能不會復原……」

我轉向其他兩人。

「喬瑟芬被打昏了。」我說。

我父親搶過話筒，他厲聲對我說：「我告訴過你，要好好看著那孩子……」

18

我和泰文勒飛快驅動警車前往奚雲里。

我想起喬瑟芬從水槽室冒出來，裝腔作勢地說「是發生第二件謀殺案的時候了」。那可憐的孩子不知道自己就是「第二件謀殺案」的被害人。

我坦誠接受父親對我含蓄的指責。我的確應該多注意一下喬瑟芬。儘管泰文勒和我對於誰毒害了老柳奈毫無線索，但是很可能喬瑟芬有。所謂小孩子的胡言亂語和「炫耀」很可能不是那麼回事。喬瑟芬基於她最喜歡的窺探遊戲，可能知道一些她自己並不知道的重要消息。

我想起了花園裡樹枝折斷的聲音。

我當時就微微感到危機的存在，還立即採取了行動，但後續看來好像我的疑心太過戲劇化，很不真實。相反地，我早該有所體悟，這是件謀殺案，不管凶手是誰，他是冒著上絞架的危險，因此如果為了確保自身安全，這個凶手會毫不考慮地故技重施。

也許瑪格達出自某種朦朧的母性本能，知道喬瑟芬身處險境，而這可能觸發了她急著要把那孩子送去瑞士的想法。

我們抵達時，蘇菲亞出來迎接我們。她說，喬瑟芬已經被救護車送往市區綜合醫院。葛瑞醫生看過X光就會馬上通知他們。

「怎麼發生的？」泰文勒問道。

蘇菲亞帶路繞到屋子後頭，穿過一道門，進入一座廢棄的院子。院子的一個角落裡，有一扇門半掩著。

「那是當作洗衣房的地方，」蘇菲亞說明。「門的底部打了個貓洞，喬瑟芬經常腳插在貓洞上盪來盪去。」

我想起了小時候攀住門盪來盪去的景象。

洗衣房狹小又陰暗。裡頭有些木箱，一些舊橡皮水管，幾件遺棄的園藝工具和一些破舊家具。一具大理石獅門擋就放在門口。

「那是從大門拿來的門擋，」蘇菲亞說明。「凶手一定是把它平擺在門的上緣。」

泰文勒伸手到門的上緣。這是一道矮門，上緣離他頭部只有大約一呎。

「笨把戲。」他說。

他試試看把門盪來盪去，然後俯身看向那個大理石門擋，不過並未動手摸它。

「有沒有任何人動過它？」

「沒有，」蘇菲亞說，「我不讓任何人動它。」

「做得對。誰發現她的？」

「我。她一點時沒進去吃午飯。姆媽在喊她。她大約在那之前十五分鐘穿過廚房進入馬廄。姆媽說：『她一定又去拍球或是在那扇門上盪來盪去。』我說我去找她。」

蘇菲亞停頓下來。

「你說，她有這樣玩的習慣？這一點有誰知道？」

蘇菲亞聳聳肩。

「我想，屋子裡每個人都知道。」

「還有誰在使用這個洗衣房？園丁？」

蘇菲亞搖搖頭。

「幾乎沒人進去過。」

「而且從屋子裡看不到這個院落？」泰文勒思量著說道，「任何人都可以從屋子那邊溜過來，或是從前門出去，一直繞到這裡來設下這個陷阱。不過這個陷阱不太牢靠……」

他中斷下來，看著那扇門，輕輕地搖晃著。

「不牢靠。打中或錯過，機會各半，而且還比較可能打不中。但是她運氣不好，對她來說，這次打中了。」

蘇菲亞顫抖起來。

他仔細看著那扇門，上面有各種凹痕。

「看來好像先行實驗過，看看門擋會怎麼落下來，以確保聲音不會傳到屋子裡去。」

「我們沒有聽到聲音，不知道出了事，直到我走過來，發現她臉朝下躺著——四肢攤開。」蘇菲亞的聲音有點嘶啞。「她的頭髮上有血。」

「那是她的圍巾？」泰文勒指著地上一條格子條紋毛圍巾說。

「是的。」

他用那條圍巾小心翼翼地把那顆大理石門擋包起來。

「可能有指紋，」他說，但聽他的口氣希望不大。「不過我倒認為下手的人……相當小心謹慎。」他對我說：「你在看什麼？」

我正在看廢棄物中一張廚房用的木椅，它的椅背已經破掉，座墊上有些土屑。

「奇怪，」泰文勒說，「有人用沾著泥土的腳站在那張椅子上。這是為什麼？」

他搖搖頭。

「你發現她時是幾點，柳奈小姐？」

「那時應該是一點過五分。」

「而姆媽在大約二十分鐘前看過她走出來。知不知道在那之前，誰是最後一個待在洗衣房裡的人？」

「我不知道。或許是喬瑟芬自己。我知道，喬瑟芬今天吃過早飯之後在盪那扇門。」

泰文勒點點頭。

「這麼說，是有人在那之後到十二點四十五分之間布下了陷阱。你說那塊大理石是你們用來當作大門門擋的？知不知道它是什麼時候不見的？」

蘇菲亞搖搖頭。

「大門一整天都沒開。今天太冷了。」

「知不知道今天上午每個人的行蹤？」

「我出去散步。尤斯達和喬瑟芬上課到十二點半，這中間十點半時休息一次。爸爸……我想，整個上午都在書房裡。」

「令堂呢？」

「我散步回來時她剛走出臥房……那時大約十二點過一刻。她一向起得晚。」

我們回到屋子裡。我跟隨蘇菲亞到書房去。菲力浦坐在他慣常坐的椅子上，一臉蒼白憔悴。瑪格達蜷縮在他膝頭上飲泣著。蘇菲亞問道：「他們還沒從醫院打電話過來？」

菲力浦搖搖頭。

瑪格達嗚咽著說：「為什麼他們不讓我跟她去？我的孩子……我那可笑、難看的孩子。我經常說她是被妖精換來的醜小鴨，讓她好氣憤。我怎麼能那麼殘酷？現在她就要死了，我知道她會死掉。」

「靜一靜，親愛的，」菲力浦說，「靜一靜。」

我感到我在這種焦慮、悲慟的家庭場面裡沒有立身的餘地，便悄悄退出去，找到姆媽。她正坐在廚房裡飲泣。

「這是對我的報應，查理先生，對我那些刻薄想法的報應。報應，真是報應。」

我沒想去探尋她的意思。

「這屋子裡有股邪氣，就是這樣。我不願意去想它或相信它。但是眼見為憑。有人殺害了主人，而這個人一定又想殺害喬瑟芬。」

「為什麼他們想要殺害喬瑟芬？」

姆媽把蒙在眼上的手帕移開一角，用精明的眼神看了我一眼。

「她是什麼樣子你也很了解，查理先生。她喜歡知道一些事情。她從很小的時候就是那樣。她經常躲在餐桌下面偷聽女僕談話，然後要脅她們，以表示自己很重要。你知道，她不受女主人的注意，她不像其他兩個那樣好看。她一直是個平庸的小傢伙。女主人說她是被妖精偷換來的醜八怪。我責怪女主人這樣說她，因為這會讓小孩子不高興。不過可笑的是，她用查出他人的私事同時讓他們明白她知道那些事情來扳回她的地位。但是，當屋子裡出現一個下毒者時，這樣做是不安全的！」

是不安全。這令我想起了什麼。我問姆媽：「你知不知道她把一本黑色小筆記本藏在哪裡……她經常用來記東西的小本子？」

「我知道你的意思，查理先生。她那個樣子非常陰險。我常看到她舔舔鉛筆，然後記下來，然後再舔舔鉛筆。我說：『不要那樣，你會鉛中毒。』而她說：『噢，不，我不會。鉛筆裡面並不真的是鉛，是炭。』我不明白怎麼會這樣，因為如果你把一樣東西叫作鉛筆，當然是因為裡面有鉛。」

「你是會這樣認為，」我同意。「不過事實上她說得對。」（喬瑟芬總是對！）「那本筆記本呢？你知不知道她放在什麼地方？」

「我完全不知道，先生，她總是神祕兮兮。」

「她被人發現時，沒有帶著那本筆記本？」

「噢，沒有，查理先生，沒有筆記本。」

那是被人拿走了？或是她把它藏在自己的房間裡？我想去找找看。我不太確定哪個房間是喬瑟芬的，我正站在走道上猶豫時，聽到泰文勒叫我。

「進來這裡，」他說，「我就在那孩子的房間裡。你有沒有見過這種景象？」

我跨過門檻，呆立住。

這小小的房間看來有如被暴風颳過。所有的抽屜都被拉出來，東西散落一地。床墊、床單、被褥全被拉掉，地毯被掀作一堆；椅子都被倒翻過來，牆上的畫被取下來，照片被扯得脫了框。

「老天爺，」我叫了起來。「這打的是什麼主意？」

「你認為呢？」

「某人在找某樣東西。」

「正是。」

我環顧四周，吹了聲口哨。

「可是到底是誰……沒有人能進來這裡這樣東翻西找而不被人聽見、看見吧？」

「怎麼不能？柳奈太太一個上午都在她的房間裡弄指甲、打電話給朋友、試穿她的衣服。菲力浦坐在書房裡看書。那個照顧孩子的女人在廚房裡削馬鈴薯、剝豆子。這在一個相互知道各人生活習慣的家庭裡是件很容易的事。而且我告訴你，這屋子裡的任何一個人都可能幹下這件事，可能為那孩子設下陷阱，同時把她房間整個翻過來。不過，他是個匆匆忙忙、沒有時間靜靜找的人。」

「你說，這屋子裡任何一個人？」

「是的，我查過了。每個人都有一段時間很可疑。菲力浦、瑪格達、那個姆媽、你的女朋友。樓上的也一樣。布蘭達整個上午大都自己一個人。羅倫斯和尤斯達休息過半小時——十點半到十一點——你那段時間有一陣子跟他們在一起，但不是整個休息時間。哈薇蘭小姐獨自在花園裡。羅傑在他的書房裡。」

「只有克里夢絲在倫敦上班。」

「不，甚至她也不能排除在外。她今天頭痛請假，單獨在她的房裡休息。他們任何一個人……任何一個都有可能！而我不知道是哪一個！我不知道。要是我知道他們要來這裡找什麼……」

他的眼光掃射著凌亂不堪的房間。

「要是我知道他們是否找到了……」

我的腦子裡有什麼在騷動，一個記憶……

泰文勒正好問中了我在想的事。

「你上次看到那個孩子時她在做什麼？」

「等一等！」我說。

我衝出門去，爬上樓梯，穿過左方的一道門，上到閣樓。我推開水槽室的門，爬上兩級階梯，低下頭，因為天花板低矮傾斜。我向四周看著。

我當時問喬瑟芬在那裡幹什麼時，她說她在「調查」。

我不明白在一個滿是蜘蛛網和貯水槽的閣樓裡有什麼好調查的。但是這樣一個閣樓倒是藏東西的好地方。我想或許喬瑟芬把什麼東西藏在那裡，某樣她相當清楚她不該有的東西。如果是這樣，應該不難找到。

我只花了三分鐘，就在最大的一個水槽後面——這水槽的內部發出了嘶嘶怪聲——發現一包用撕破的牛皮紙包著的信件。

我看著第一封信。

噢，羅倫斯，我心愛的，我衷心深愛的……昨天晚上你唸的那首詩真美。我知道那指的是我，儘管你沒有看著我。亞瑞士泰說：「你的詩唸得很好。」他猜不透你我心中的感受。我親愛的，我深信不久一切都會好轉。我們該慶幸他永遠不知道，慶幸他快樂地死去。他一直待我很好。我不想讓他受苦。但是我真的不認為人過了八十歲還活著有什麼樂趣。我才不想那樣活著！不久我們就可以永遠在一起了。當我可以對你說：「我最最親愛的丈夫……那該會有多美妙！」我最親愛的，我們是天生的一對，地造的一雙。我愛你，愛你，愛你……我們的愛永無休止，我……

接下來還有很多，但是我無意繼續看下去。

我繃著臉下樓去，把這包信丟進泰文勒手裡。

「這，」我說，「可能是我們那位身分不明的朋友想要找的東西。」

泰文勒看了幾段，吹了聲口哨，胡亂地翻動著那堆信。

然後他看著我，表情有如一隻剛剛飽餐一頓上好奶油的貓一般。

「好了，」他柔聲說，「這下布蘭達・柳奈太太可要名節掃地了……還有羅倫斯・布朗先生。原來是他們，一直是……」

19

突然之間，所有我對布蘭達・柳奈的憐惜與同情都在發現她的信——她寫給羅倫斯・布朗的信——之後，消失得無影無蹤。現在回想起來，這仍讓我覺得怪怪的。是因為我的虛榮心作祟，所以無法接受她深愛羅倫斯・布朗而且故意欺騙我的這個事實嗎？我不知道，我不是個心理學家，寧可相信是因為想到喬瑟芬那孩子被冷酷地擊昏，想到他們為了保護自己而對一個小孩子下手，才令我的同情心乾涸。

「那個笨陷阱倒是跟布朗的作風相符合——如果你問我。」泰文勒說，「而且這說明了令我百思不解的事。」

「什麼令你百思不解？」

「哦，那樣做真笨。姑且說你發現那孩子握有這些信件——致命的信件——你第一件要做的事，就是設法把它們弄回去（畢竟，要是那孩子談起了這些信，卻拿不出信來給人家看，那它就會被視為是虛構出來的事）。但是你弄不回去，因為你找不到它們。那麼唯一的辦法就是讓那孩子一了百了。你既然已經幹下了一樁謀殺案，再幹一次也沒什麼大不了。你知道她喜歡在廢棄的院子玩盪門的遊戲，你最理想的辦法就是躲在門後等著，用一根鐵棒、一把火鉗或是一節堅硬的水管，在她過去時狠狠給她一下。這些東西隨手可得。何必要那麼麻煩，把一塊大理石獅門擋放在門的上緣，這樣很可能打不中她，甚至即使打中了她，也可能成不了事（實際上正是如此）。我問你，這是為什麼？」

「這……」我說，「答案是什麼？」

「我剛開始認為，那是為了給某人一份不在場證明。某人在喬瑟芬被擊倒時有力的不在場證明。但是這樣說不通，因為第一，看來好像沒有人有任何不在場證明，第二，午餐時間一到勢必有人要去找那孩子，而他們會發現那個笨把戲，還有大理石門擋，整個過程相當容易被看出來。當然啦，如果凶手在那孩子被發現之前把門擋移開，那麼我們就傷腦筋了。」

他攤攤雙手。

「那麼你目前的解釋是什麼？」

「個人的因素。個人的特質。羅倫斯．布朗的特質。他不喜歡暴力……他無法強迫自己做出任何暴行。他無法躲在門後猛擊那孩子的頭。但他卻會布好一個笨陷阱，人再走開，不想親眼看到事情發生，眼不見為淨。」

「是的，我明白，」我慢吞吞地說，「和調換胰島素如出一轍的怪行？」

「正是。」

「你認為他沒讓布蘭達知道就動手？」

「這說明了為什麼她沒把那個胰島素藥瓶丟掉。當然，他們可能串通好了——或是可能整個下毒的詭計都是她想出來的——一個讓她那位疲累的老丈夫死去的簡單好辦法，而且是最兩全其美的辦法！但我敢打賭那笨陷阱一定不是她布下的。女人對那種機械原理的東西沒有絲毫信心，而且她們是對的。我個人認為恐怖的是她出的那些主意，而不是她讓她那個昏愚的愛情奴隸去做。她不會動手去做任何不確定的事情。」

他停頓下來，然後繼續。

「有了這些信件，我想檢察官會說我們這個案子成立。他們可有得解釋了！然後，要是那孩子沒事，那麼一切就都完美極了。」他瞄了我一眼。「就要娶到一個百萬富婆的滋味如何？」

我退縮了一下。在過去幾個小時的緊張忙碌中，我已經忘了遺囑的新發展。

「蘇菲亞還不知道，」我說，「你要我告訴她嗎？」

「根據我的了解，蓋斯奇等明天的審訊過後就要宣布那個壞（或是好）消息。」泰文勒停頓了一下，若有所思地看著我。「我懷疑，」他說，「這家人會有什麼反應？」

／20

驗屍審訊就如同我所預言的一樣結束了，而且應警方的要求延期再開。

我們都很高興前一天晚上醫院捎來的好消息，喬瑟芬的傷勢比原先預期的輕多了，她很快就會復元。目前，葛瑞先生說，她不許接見任何訪客……甚至連她母親也不行。

「尤其是不能見我母親，」蘇菲亞喃喃地對我說，「我對葛瑞醫生特別強調過。他知道母親是什麼樣子。」

我一定是顯得有點懷疑，因為蘇菲亞突然問說：「你怎麼一副不以為然的樣子？」

「哦，做母親的當然……」

「我很高興你還存有一些好的傳統觀念，查理。但你還不太了解我母親會做出什麼事來。她就是控制不住，到時候勢必會有一場好戲，而戲劇化的場面對任何頭部受傷需要靜養的人來說很不宜。」

「你真是面面俱到，不是嗎，我的可人兒。」

「哦，如今爺爺去世了，總得有人動動頭腦，擔當思考的工作。」

我邊思索邊看著她。我知道老柳奈並沒有看走眼。他的責任已經卸落在蘇菲亞的肩頭。庭訊之後，蓋斯奇陪我們一起回到三山牆。他清清喉嚨，裝模作樣地說：「有件事，我有責任向你們大家宣告。」

為了這個目的，一家人都聚集在瑪格達的客廳裡。這個時候我倒有點幕後人的愉快感覺。我已經知道蓋斯奇要說些什麼。

我做好準備，要觀察每一個人的反應。

蓋斯奇宣布起來簡要、冷淡。摒棄一切個人的感受和困惱不悅。他先宣讀一下亞瑞士泰．柳奈的信，然後是遺囑本身。

立在一旁觀察非常有趣，我只盼望我的目光能同時觸及每一個人。

我不太注意布蘭達和羅倫斯。這份遺囑涉及到布蘭達的條款不變。我主要是注意觀察羅傑和菲力浦，再來是瑪格達和克里夢絲。

我的第一印象是，他們全都表現得非常好。

菲力浦的雙唇緊抿，他把漂亮的頭部往後仰靠在高椅背上，沒有說話。

相反地，瑪格達在蓋斯奇先生宣告完畢之後，馬上就滔滔不絕地大聲開口講話，她的聲音掩蓋過他那細弱的聲調，就像潮水湧起一般，淹沒了一條小河。

「蘇菲亞，親愛的……多麼奇特，多麼傳奇……想不到老甜心竟然這麼狡猾，這麼詭詐……就像一個可愛的老頑童一樣。他不信任我們嗎？他沒想過我們會生氣嗎？他好像沒有特別喜歡過蘇菲亞。不過，真的，這真是最傳奇不過的事了。」

突然，瑪格達輕快地蹦了起來，跳舞一般地滑向蘇菲亞，飛快地給她行了個非常高雅的宮廷禮節。

「蘇菲亞夫人，您一文不名、窮途潦倒的老母親懇求您好心施捨。」她的聲音裝出一副哭訴的純正倫敦腔。「施捨我們一個銅板吧，親愛的。您的老媽媽想要去看電影。」

她的手彎曲成鉗狀，急促地捏了蘇菲亞一把。

菲力浦動也沒動，雙唇僵硬地說：「拜託，瑪格達，沒有必要在那裡扮小丑。」

「噢，可是，羅傑，」瑪格達叫了起來，突然轉向羅傑。「可憐的羅傑。老甜心正打算要伸出援手，然後，在他想要這樣做之前卻死了。現在羅傑什麼都分不到。蘇菲亞，」她緊急地轉向蘇菲亞。「你非得幫幫羅傑不可。」

「不，」克里夢絲說。她向前移了一步，臉上露出抗議的表情。「不要，我們什麼都不要。」

羅傑像一隻友善的大熊，搖搖晃晃地走向蘇菲亞。

他熱情地握住她的雙手。

「我一毛錢也不想要，我親愛的女孩。一旦這件事澄清——或是平息之後，看來這比較有可能——克里夢絲和我就馬上要到西印度群島去過著簡單的生活。如果哪天我走投無路，我會向一家之主請求……」他對她動人地露齒一笑。「但是在這之前，我一毛錢也不想要。我是個非常單純的人，真的，我親愛的，你問問克里夢絲就知道了。」

一個意外的聲音插入。是艾迪絲・哈薇蘭。

「話是這樣說沒錯，」她說，「但你得注意一下這是件什麼樣的事。如果你破產了，羅傑，然後偷偷逃到天涯海角去，不接受蘇菲亞伸出的援手，那會為蘇菲亞招來很多惡意的閒言閒語。」

「別人的閒言閒語又有什麼關係？」克里夢絲不屑地問道。

「我們知道對你來說是沒有關係，克里夢絲，」艾迪絲・哈薇蘭尖銳地說，「但是蘇菲亞還要在這裡做人。她是個頭腦好、心地善良的女孩，而且我毫不懷疑亞瑞士泰選她來執掌家裡的財務是選對了人……儘管在我們英國人的觀念裡，略過了你們兩個還在世的兒子，好像不合人情。但是我認為，如果讓別人閒言閒語說她貪婪、眼看著羅傑破產而不幫忙，那將是非常不幸的事。」

羅傑走向他姨媽，伸出雙臂環抱著她。

「艾迪絲姨媽，」他說，「你是個可人兒，而且是個頑強的鬥士，但是你不了解。克里夢絲和我知道我們想要的是什麼，還有，我們不想要的是什麼！」

克里夢絲瘦削的雙頰上突然出現一點紅暈，她站在那裡，氣沖沖地面對他們。

「你們，」她說，「沒有人了解羅傑。你們都不了解！我不認為你們會了解！走吧，羅傑。」

他們離開了客廳，蓋斯奇清清喉嚨，開始整理他的文件，臉上是深深的不以為然。他非常不喜歡剛才的那一幕，這是顯而易見的。

我的眼光終於落在蘇菲亞本人身上。她挺直地站在壁爐旁，姿態美妙。她的下巴突出，眼神堅定。她剛剛繼承了一大筆財產，但我最大的感想是，突然之間，她變得多麼孤單。命運在她和她家人之間築起了一道障礙。今後，她將與他們隔離開來，我想她已經知道而且面對了這個事實。老柳奈是把一個人生的重擔放在她的肩頭上……他知道，她也了解。他深信她的肩頭強毅得足以擔起這個重任，但是就在此刻，我為她感到一種不可言喻的悲哀。

到目前為止，她還沒說過半句話……她確實是沒有說話的機會，但現在她很快就要被迫開口。在家族親人的溫情之中，我已經能感覺到一股潛在的敵意。甚至在瑪格達的優雅表演之中，我想，也帶有一種微妙的敵意。而且還有其他尚未浮現的暗流存在。

蓋斯奇先生清喉嚨的聲音化為精確、慎重的言辭。

「容我向你說聲恭喜，蘇菲亞，」他說，「你已經是個非常有錢的女人。我不該給你任何……呃，輕率的意見。我可以預付給你一些現金支付目前的花費。如果你願意討論進一步的安排，我樂於盡我所能提供你最佳的意見。當你有足夠的時間把一切考慮過之後，打個電話到林肯飯店給我，我們可以安排時間詳談。」

「羅傑……」艾迪絲・哈薇蘭固執地開口說。

蓋斯奇先生很快地搶著接下去說：「羅傑必須自謀生計。他是個成年人了……呃，我想，都五十四歲了。而且亞瑞士泰・柳奈是對的，你知道。他不是做生意的材料，永遠都不是。」他看著蘇菲亞。「如果你想讓聯合筵席公司再站起來，不要妄想羅傑能經營成功。」

「我不想讓聯合筵席公司再重新出發。」蘇菲亞說。

這是她第一次開口講話。她的聲音嚴肅正經、簡短有力。

「那樣做簡直是白癡。」她又加上一句話。

蓋斯奇突然看了她一眼，同時自顧微微一笑，隨即向大家道別，走了出去。

一陣沉默，大家都了解到現在只有自家人在場而已。

菲力浦僵硬地站起來。

「我得回書房去了，」他說，「我已經浪費了很多時間。」

「爸爸……」蘇菲亞幾近懇求地說。

菲力浦轉過頭來，以冰冷而敵視的眼光看著她，我感到她顫抖起來，同時退縮了一下。

「你得原諒我沒向你道賀，」他說，「這對我是有點震驚。我沒想到我父親會這樣羞辱我……會不顧我一生對他的奉獻……是的，奉獻。」

這位冷靜的大男人首度打破了冰凍的外殼。

「我的天，」他叫了起來。「他怎麼可以這樣對待我？他對我一向不公平……一直都是。」

「噢，不，菲力浦，不，你不應該這樣想，」艾迪絲．哈薇蘭叫了起來。「不要把這個看作是輕視。這不是輕視。人老了，自然會轉向年輕的一代。我敢斷定這只是……再說，亞瑞士泰的生意眼光非常精明。我常聽他說，兩次遺產稅……」

「他從不關心我，」菲力浦說，他的聲音低沉粗嘎。「總是關心羅傑，羅傑……嗯，至少……」他英俊的臉上突然蒙上一層異常不屑的表情。「父親了解羅傑是個笨蛋，是個失敗者。他把羅傑也排除掉了。」

「那我呢？」尤斯達說。

直到現在，我幾乎沒有注意過尤斯達，不過我感到他正因某種強烈的情緒而顫抖著。他的臉色深紅，眼裡噙著眼淚，我想，他的聲音提高，歇斯底里地顫抖著。

「可恥！」尤斯達說，「真是可恥！爺爺怎麼能這樣對待我？他怎麼能？我是他唯一的孫子。他怎麼能略過我留給蘇菲亞？這不公平。我恨他，我恨他，我一輩子都不會原諒他。可惡的老暴君。我要他死，我要離開這個屋子，我要自己做主。而現在我得忍受蘇菲亞的威脅利誘，頤指氣使，像個傻瓜一樣。我真希望我死掉……」

他氣急敗壞地離開客廳。

艾迪絲．哈薇蘭嘖嘖作聲。

「沒有自制力。」她喃喃說道。

「我了解他的感受。」瑪格達叫了起來。
「我相信你了解。」艾迪絲尖酸地說。
「可憐的小甜心！我得趕快去找他。」
「瑪格達……」艾迪絲急急追趕她去。
她們的腳步聲慢慢消失。蘇菲亞依然看著菲力浦。我想，她的眼中帶著某種懇求的眼神。如果真是這樣，她的懇求並沒有奏效。他冷冷地看著她，再度顯得相當自制。
「你的手段非常高明，蘇菲亞。」他說著走出客廳。
「這樣說太殘忍了，」我大叫，「蘇菲亞……」
她向我伸出雙手，我摟住她。
「這對你來說太過分了，我的甜心。」
「我知道他們的感受。」蘇菲亞說。
「那個老魔鬼，你祖父，不該讓你承受這些。」
她雙肩挺直。
「他相信我承受得了。而且我真的擔受得了。我真希望……希望尤斯達不是那麼在乎。」
「他不會有事的。」
「不會嗎？我懷疑。他是那種很會記恨的人，而且我不希望爸爸受到傷害。」
「你媽還好。」

「她有點不高興。要向女兒要錢推出她的戲可不合她的心意。她馬上就會要我出錢推出那齣《奧第絲・湯普遜》。」

「那你會怎麼說?如果那樣能讓她高興……」

蘇菲亞抽離我的懷抱,她的頭往後一仰。

「我會拒絕!那是齣很糟的戲,而且媽媽演不來那個角色。那等於是白白糟蹋了金錢。」

我輕聲笑著,情不自禁。

「你笑什麼?」蘇菲亞懷疑地問道。

「我開始了解為什麼你祖父把他的財產留給了你。你簡直就是他的翻版,蘇菲亞。」

21

此時此刻，我很遺憾喬瑟芬沒在現場。她如果在場，一定會覺得非常開心。

她復元很快，隨時都可以出院回來，但不管怎麼樣，她還是錯過了另一件大事。

有一天早上，我和蘇菲亞和布蘭達在假山庭園裡，一輛汽車開到大門前。泰文勒和藍姆巡佐下了車。他們踏上台階，走進屋子裡。

布蘭達呆立著，注視著那輛車子。

「是那兩個人，」她說，「他們又來了，我還以為他們放棄了……我以為一切都已經過去了。」

我看到她顫抖起來。

她大約十分鐘之前過來加入我們，裹著她那件栗鼠皮毛外套，說：「我要是不出來運動運動、透透氣，我會瘋掉。只要一走出大鐵門，總是會有一個記者在那裡等著向我發問。這就像被圍困了一樣。會一直這樣繼續下去嗎？」

蘇菲亞說，她認為記者大概不久就會厭倦了。

「你可以坐車子出去逛逛。」她補上一句說。

「我告訴你我想要運動運動。」之後她猛然說：「你把羅倫斯解雇了，蘇菲亞。為什麼呢？」

蘇菲亞平靜地回答：「我們已為尤斯達另做安排。而喬瑟芬要到瑞士去。」

「哦，你令羅倫斯非常難過。他覺得你不信任他。」

蘇菲亞沒有回答，就在此時，泰文勒的車子來到。

布蘭達站在那裡，在潮溼的秋日空氣裡哆嗦著，喃喃說道：「他們想幹什麼？他們來幹什麼？」

我想我知道他們為什麼來。我沒告訴蘇菲亞我在水槽邊發現那些信的事，但是我知道那些信已經到了檢察官那裡。

泰文勒走出屋子。他越過車道和草坪，向我們走過來。布蘭達身子顫抖得更厲害。

「他想幹什麼？」她緊張地重複說，「他想幹什麼？」

只見，泰文勒來到我們這裡，以官方的語氣、官方的語言簡略地說：「我有一份逮捕你的搜捕令——你被控九月十九日以伊色林毒害亞瑞士泰．柳奈。我必須警告你，你所說的每一句話都可能被用來作為呈堂證供。」

然後，布蘭達整個人崩潰了。她尖叫著，緊緊抓住我，叫喊道：「不，不，不，這不是事實！查理，告訴他們這不是事實！不是我幹的。我根本一無所知。這是個陰謀，不要讓他們把我帶走。這不是事實，我告訴你，這不是事實……我什麼都沒做……」

恐怖，太恐怖了。我試著安慰她，我把她的手指從我的手臂上挪開。我告訴她我會替她找個律師，要她保持冷靜，說律師會安排一切……

泰文勒輕輕抓住她的手肘。

「走吧，柳奈太太，」他說，「你不需要戴帽子吧？不需要？那麼我們就走吧。」

她往後掙扎，用貓一樣的大眼睛瞪著他。

「羅倫斯，」她說，「你把羅倫斯怎麼樣啦？」

「羅倫斯．布朗先生也同樣被逮捕了。」泰文勒說。

她一臉頹喪，身體好像整個縮了水，要垮下來一樣。她淚水泉湧而出，爬滿了整個臉龐。她靜靜地隨著泰文勒越過草坪，朝那輛車子走去。我看到羅倫斯．布朗和藍姆巡佐從屋子裡出來。他們都進了那輛車子……車子隨即開走。

我深深吸了一口氣，轉向蘇菲亞。她的臉色非常蒼白，有種苦惱的表情。

「可怕啊，查理，」她說，「相當可怕。」

「我知道。」

「你得幫她找個一流的律師，最好的律師。她……她必須得到一切可能的幫忙。」

「不知道，」我說，「這種事是怎麼進行的。我以前從未看過逮捕人犯的過程。」

「我知道。讓人摸不著邊際。」

我們兩人都沉默下來。我想著布蘭達臉上那絕望的恐怖表情。在我看來，那表情有一種熟悉感，我突然知道了為什麼。那是我第一天來到畸屋的時候，瑪格達．柳奈在談論《奧第絲．湯普遜》那齣戲時臉上的表情。「再來，」她說道，「就是全然的恐怖，你不這樣認為嗎？」

全然的恐怖……那就是布蘭達臉上的表情。布蘭達不是個堅強的鬥士，我懷疑她有沒有膽量去殺人。不過，或許她並未殺人。或許是羅倫斯．布朗，他那被迫害妄想症，他那不穩定的性格，他把一個小瓶子裡的東西倒進另一個小瓶子裡……一個輕而易舉的動作，可以讓他所愛的女人得到自由之身。

「這麼一來，一切都過去了。」蘇菲亞說。她深深嘆了一口氣後問道：「可是，為什麼現在就逮捕他們？我以為證據還不夠。」

「有些證據出現了，信件。」

「你的意思是說，他們之間往來的情書？」

「是的。」

「把這種東西保存下來是多麼的傻！」

是的，的確是傻。那種不懂得記取前車之鑑的傻。你沒有一天打開報紙不會看到這種傻案例——想要保存「愛的誓言」的激情。

「這有點惡劣，蘇菲亞，」我說，「不過念念不忘沒有什麼好處。畢竟，這正是我們一直期望的結果，不是嗎？這是你我在馬里歐餐廳見面的那天晚上你所說的話。你說如果是正確的人殺害了你祖父，那就沒事了。布蘭達就是那個正確的人，不是嗎？布蘭達或是羅倫斯？」

「不要說了，查理，你讓我感到很難受。」

「可是我們必須理智。現在我們可以結婚了，蘇菲亞，你不能再拖延了，柳奈家族已經無罪脫身了。」

她凝視著我，我從沒注意過她的兩眼是那麼地鮮明湛藍。

「是的，」她說，「我想，現在我們大概是脫身了。我們都全身而退了，對吧？你確定嗎？」

「我親愛的女孩，你們沒有任何一個人有一絲動機。」

她的臉色突然轉白。

「除了我，查理，我有動機。」

「是的，當然……」我吃了一驚。「可是其實不然。你知道，你原先並不知道那份遺囑。」

「我知道，查理。」她低聲說。

「什麼？」我睜大眼睛注視著她，突然感到全身發冷。

「我知道祖父把他的財產留給了我。」

「可是，你是怎麼知道的？」

「他告訴過我。在他遇害之前大約兩個星期。他相當突然地對我說：『我把所有的錢都留給了你，蘇菲亞。你得在我走後照顧這一家子人。』」

我目瞪口呆。

「你從沒告訴過我。」

「我是沒有。你知道，當他們在說明那份遺囑還有他已簽上名的時候，我以為或許他弄錯了……或許他只是想像他把財產留給了我。或者是，他立下了遺囑把財產留給我，可是那份遺囑弄丟了，而且永遠不會再出現。我並不想要它出現，我害怕。」

「害怕？為什麼？」

「我想……大概是因為這件謀殺案。」

我想起了布蘭達臉上那恐怖的表情，那說不出理由的恐慌。我想起瑪格達在想像自己扮演一個女凶手時特意裝出的那種全然慌亂的表情。那不會在蘇菲亞心中造成恐慌，然而她是個講求實際的人，她可以清楚看出，柳奈的遺囑會令她成為嫌疑犯。現在我比較了解（或是我自認為如此）為什麼她拒絕和我結婚，堅持我必須查出真相，實實在在的真相。她說過，只有真相才對她有好處。我想起她這樣說時那激動、熱切的表情。

我們轉身走向屋子去，走到某個地點時，我突然想起了她說過的其他一些話。她說過，她認為她大概下得了手謀殺一個人。不過，她又加上一句說，那必須是為了某種真正值得的東西。

22

在假山庭園的一個轉角處，羅傑和克里夢絲一起生氣蓬勃地走向我們。羅傑身上穿的斜紋軟呢服比他的城市服更適合他。他看來熱切、興奮，克里夢絲則皺著眉頭。

「喂，你們兩個，」羅傑說，「終於！我還以為他們永遠不會逮捕那個臭女人。他們到底在等什麼，我真不知道。好了，他們現在把她抓走了，還有她那可憐兮兮的男朋友……我希望警方把他們兩個都吊死。」

克里夢絲眉頭皺得更緊。她說：「不要這麼殘忍，羅傑。」

「殘忍！呸！處心積慮、冷血無情的毒死了一個信任她的無助老人……而當我在慶幸凶手被捕、而且即將得到報應時，你卻說我殘忍！我告訴你，我願意親手勒死那個女人。」他又補上一句說：「警察來的時候，她和你們在一起，不是嗎？她的反應怎麼樣？」

「很害怕，」蘇菲亞以低沉的聲音說，「她嚇呆了。」

「活該。」

「不要幸災樂禍。」克里夢絲說。

「噢，我知道，我最親愛的，但是你無法了解。他不是你父親。我愛我父親，難道你不了解嗎？我深愛著他！」

「我到現在也該了解了。」克里夢絲說。

羅傑半開玩笑地對她說：「你真沒有想像力，克里夢絲。假如被毒死的是我……」

我看到她快速低垂的眼簾、她半握起的拳頭。

她厲聲說：「不要說這種話，開玩笑也不行。」

「別生氣，親愛的，我們很快就會遠離這一切。」

我們朝著屋子走去。羅傑和蘇菲亞走在前面，克里夢絲和我殿後。她說：「我想現在……他們大概會讓我們走了吧？」

「你這麼急著要走嗎？」我問道。

「我都快受不了了。」

我驚訝地看著她。她有點絕望地微微一笑，同時點點頭，回看著我。

「難道你看不出來，查理，我一直在奮鬥？為我的幸福奮鬥，為了羅傑的幸福奮鬥。我好害怕一家人會說服他留在英格蘭，害怕我們會繼續跟他們糾纏不清，緊緊被親情的繩索勒住。我怕蘇菲亞會提供他一份收入，怕他會留在英格蘭，因為他認為這樣對我來說舒適、體面多了。羅傑的毛病是他聽不進人家的話。他有自己的想法，但從來就不是什麼正確的想法。他什麼都不懂。而且他是個十足的柳奈家人，認為一個女人的幸福就是緊緊跟舒適和金錢結合在一起。但是我會為我的幸福奮鬥，我會。我會讓羅傑離開，給他一種適合他、不會讓他感到挫敗的生活。我要他完全屬於我自己，遠離他們所有的人……」

她以低沉急促的聲音說著，帶著一種奮不顧身的激越，令我吃了一驚。我以前不了解她有多麼急躁，也不了解她對羅傑的感情是多麼地不顧一切，多麼具有占有欲。

這令我想起了艾迪絲．哈薇蘭那句古怪的話。她用奇特的腔調說過「這只是盲目崇拜的一面」。我不知道她當時想的是不是克里夢絲。

我想，羅傑愛他的父親勝過其他人，甚至是他太太，儘管他深愛著她。我首次了解到克里夢絲有多麼急著要把丈夫占為己有。我明白，羅傑的愛是她整個生命的活水源頭。他是她的孩子，她的丈夫，她的情人。

一輛車駛到前門停住。

「啊，」我說，「喬瑟芬回來了。」

喬瑟芬和瑪格達從車子裡出來。喬瑟芬的頭上紮著繃帶，可是其他各方面看起來都非常好。

她一下車立即說：「我要看看我的金魚。」同時朝我們這裡和金魚池走過來。

「親愛的，」瑪格達叫著，「你最好還是先進去躺一下，喝一點補湯。」

「不要大驚小怪，媽，」喬瑟芬說，「我相當好，我討厭補湯。」

瑪格達顯得躊躇不定。我知道喬瑟芬其實幾天前就可以出院了，不過泰文勒下了一個指示把她繼續留在那兒。他不想冒險讓喬瑟芬的安全受到任何威脅，非得等到他的嫌疑犯被牢牢關住了才讓她出院。

我對瑪格達說：「也許新鮮的空氣對她有好處。我去照顧她一下。」

我在喬瑟芬到達金魚池之前跟上她。

「你不在的時候，各種事情都發生了。」我說。

喬瑟芬沒回答。她用近視的眼睛凝視著魚池。

「我看不到斐迪南。」她說。

「哪一隻是斐迪南？」

「有四個尾巴的那一隻。」

「那種金魚有點可笑。我喜歡金黃亮麗的那一隻。」

「那隻相當平凡。」

「我不太喜歡白色那隻，就好像被蟲咬了的那一隻。」

喬瑟芬輕蔑地瞄了我一眼。

「那是一種罕見的魚，很貴的，比金魚貴多了。」

「你不想聽聽發生了什麼事嗎，喬瑟芬？」

「我想我知道。」

「你知不知道另一份遺囑被發現了？你爺爺把他全部的財產都留給了蘇菲亞？」

喬瑟芬厭煩地點點頭。

「媽告訴過我了。無論如何，我早已知道了。」

「你的意思是說，你在醫院裡聽說的？」

「不，我的意思是，我知道爺爺把他的財產留給蘇菲亞。我聽過他告訴她。」

「又是偷聽到的？」

「是的，我喜歡聽人家談話。」

「這實在是個可恥的習慣，記住，偷聽的人是聽不到對自己有益處的話的。」

喬瑟芬以奇特的眼光看了我一眼。

「我聽到他對她說了我一些話，如果你是這個意思。」

她又加上一句說：「姆媽如果逮到我在門外偷聽總是會很生氣。她說那種事不是小淑女應該做的。」

「她說得相當對。」

「呸，」喬瑟芬說，「現在沒有人是淑女了，廣播電台的問題解答專家說的。他們說這是迂……腐。」她謹慎地唸出最後兩個字。

我改變話題。

「你回來晚了一點，錯過了一件大事，」我說，「泰文勒探長已經把布蘭達和羅倫斯逮捕了。」

我預料依喬瑟芬這位年輕偵探的性格，聽了這個消息一定會心情動盪。然而她只是以厭煩的聲音重複說：「是的，我知道。」

「你不可能知道。這是剛剛才發生過的事。」

「那輛車在路上和我們擦肩而過。泰文勒探長，那個穿山羊皮鞋的警探，還有布蘭達、羅倫斯都在車子裡，所以我當然知道他們被捕了。我希望他給了他們適當的警告。你知道，你得這樣做。」

我向她保證泰文勒完全依照程序行事。

「我不得不告訴他那些信的事。」我歉然說，「我在水槽後面找到它們。我本來希望你自己告訴他，只是你被擊昏了。」

喬瑟芬的手小心翼翼地摸摸頭。

「我應該是活不成的，」她得意地說，「我告訴過你，差不多是發生第二件謀殺案的時候了。把信藏在水槽室裡真是不高明。我有一天看到羅倫斯從那裡出來就馬上猜到了。我的意思是說，他不是那種會修理水龍頭、水管或是保險絲的人，所以我知道他一定是去藏什麼東西。」

「可是我以為……」

我中斷下來，艾迪絲．哈薇蘭權威的聲音叫喊著。

「喬瑟芬，馬上過來。」

喬瑟芬嘆了一口氣。

「又在小題大做了，」她說，「不過，我還是去得好。艾迪絲姨婆叫你的時候，你一定得去。」

她跑過草坪。我隨後慢慢跟過去。

喬瑟芬在幾句簡短對談之後，走進屋子裡。我跟艾迪絲．哈薇蘭留在陽台上。

今天上午，她看起來完全就像她那個年齡的樣子。我被她臉上那些痛苦疲累的線條嚇了一跳。她看起來精疲力竭，像是打了個大敗仗一樣。她看出我臉上關心的表情，擠出了一絲笑意。

「那孩子好像對她的驚險遭遇不覺得怎麼樣，」她說，「我們以後得好好照顧她。不過……我想現在大概沒必要了吧？」

她嘆了一聲，然後說：「我很高興事情過去了。不過，也真夠受的了。要是你因為謀殺案被捕，最少你總可以表現一點尊嚴。我不能忍受布蘭達那種失聲哭訴、身心崩潰的樣子。這些人真沒擔當。羅倫斯．布朗看起來就像隻被逼到死角的小兔子。」

一股朦朧的憐惜本能在我心裡升起。

「可憐的傢伙。」我說。

「是的，可憐的傢伙。我想，她大概還曉得照顧自己吧？我是說找對律師等等的。」我想，這真是古怪，他們一方面不喜歡布蘭達，一方面卻又慎重其事地關心她，希望她得到一切有利的辯護機會。

艾迪絲．哈薇蘭繼續說下去。

「這還要多久？這整個事情還要多久？」

我說我不太清楚。他們會先在違警法庭受審，然後想必會被移送到刑事法庭審判。三、四個月，我判斷，而且如果定了罪，還可以上訴。

「你想他們會被判有罪嗎？」她問道。

「我不知道。我不太清楚警方到底有多少證據。有一些信件。」

「情書？那麼，他們是情人囉？」

「他們彼此相愛。」

她的臉色更顯陰鬱。

「這我不太樂見，查理。我不喜歡布蘭達。過去，我非常不喜歡她，我說了她一些尖刻的話。可是現在……我真的希望她能有機會脫罪，任何一個可能的機會。亞瑞士泰如果在世也會這樣希望。我感到我有責任設法……讓布蘭達受到公平的審判。」

「還有羅倫斯？」

「噢，羅倫斯！」她不耐煩地聳聳肩。「男人家必須自己照顧自己。不過亞瑞士泰永遠不會原諒我們，如果……」她停下來沒把話說完。

接著她說：「午餐時間差不多到了。我們還是進去得好。」

我向她說明我要上倫敦去。

「開你的車子去？」

「是的。」

「嗯。我不知道你願不願意帶我一起去。我想我們現在可以自由行動了吧？」

「我當然願意，不過我相信瑪格達和蘇菲亞吃過中飯也要去。你和她們一起去會比坐我這輛兩人座的小車子舒服。」

「我不想和她們一起去。你帶我去，不要再說了。」

我吃了一驚，不過我還是照她的要求行事。在進城的路上，我們的話不多。我問她要在什麼地方下車。

「哈利大街[3]。」

我感到有點不安，但我不想說什麼。她繼續說：「不，現在去太早了。到狄本漢餐廳讓我下車。我可以在那裡吃個午飯，然後再去哈利大街。」

「我希望……」我開了口，又停了下來。

「這就是我不想跟瑪格達一起去的原因。她凡事都太戲劇化，太大驚小怪了。」

「我很抱歉。」我說。

「你不必覺得抱歉。我過得很好，非常好的生活。」她突然露齒一笑。「而且我還沒過過癮。」

3　哈利大街（Harley Street）是倫敦有名的醫療街，許多名醫在此執業。

23

我有幾天沒見到父親了。我發現他在忙著柳奈案之外的事情。我去找泰文勒。

泰文勒難得清閒，很樂意和我出去喝一杯。我向他道賀破了案，他接受了我的道賀，但是他的樣子並不高興。

「好了，事情過去了，」他說，「我們使這個案子起訴了。沒有人能否認我們讓這個案子成立了。」

「你認為你能讓他們定罪嗎？」

「這說不上來。我們握有的證據是間接的……謀殺案幾乎都是這樣，勢必如此。大部分要看他們給陪審團的印象而定。」

「那些信寫到什麼地步？」

「第一眼看起來，查理，它們相當要命。信中涉及她丈夫死後他們在一起的生活。像是

『不用再多久了』這一類的字句。你要知道，被告辯護律師會盡力把這種字句做另一種解釋——丈夫那麼老了，當然他們預料他會死亡是合情合理的事。沒有實際提到毒害——沒有寫成白紙黑字——但是有幾個段落可能有這個意思。這要看法官是什麼人。如果是老卡伯里，他會一路申斥到底。他一向非常痛恨不合法的愛情。我想他們大概會找伊格斯或韓夫瑞．柯爾當辯護律師，韓夫瑞對這種案子很內行。但是他喜歡被告有一些戰時的英勇事蹟好幫他申辯。一個有良知的反戰者會破壞他的格調。問題是，陪審團會不會喜歡他們？陪審團都是難以捉摸的。你知道，查理，那兩個人並不具有令人同情的特質。她是個為了錢而嫁給一個耄耋老者的漂亮女人，而布朗是個神經質的反戰者。這件罪案這麼常見，這麼典型，你無法不相信不是他們幹的。當然，他們可能斷定是他幹的，而她毫不知情；或是反過來，是她幹的，而他並不知情；或者他們可能就看準是他們聯手幹的。」

「那麼你自己認為呢？」我問道。

他擺出一張刻板、毫無表情的臉，看著我。

「我什麼都不認為。我已經把事實呈到檢察官手裡，讓案子成立了。就這樣。我已經盡了我的職責，沒我的事了。你現在明白了吧，查理。」

但是，我並不明白。我看得出來，為了某種原因，泰文勒並不高興。

直到三天之後，我才把心裡的話告訴父親。他自己從未再對我提過那個案子。在我們之間有種緊張存在……而我想我知道是什麼原因造成的。但是我得把這道障礙破除。

「我們得明白說出來，」我說，「泰文勒不相信是那兩個人幹的……而你也不相信。」
我父親搖搖頭。他說的和泰文勒一樣。
「沒有我們的事了。案子已經成立待審。這是不成問題的事。」
「可是你不……泰文勒不……不認為他們有罪？」
「那是陪審團的事。」
「看在老天的份上，」我說，「不要用這些專門術語來敷衍我。你，你們兩個，站在個人的立場怎麼認為？」
「我個人的看法並不比你的強，查理。」
「不，是比我強。你比較有經驗。」
「那麼我就跟你實說了。我就是……不知道！」
「他們可能有罪？」
「噢，是的。」
「可是你不確信他們有罪？」
我父親聳聳肩。
「怎麼能確信？」
「不要搪塞我，爸。你以前都很確信，不是嗎？非常確信，毫不懷疑。」
「有時候，是的。但並不總是。」

「我但願你這次是確信。」

「我也是。」

我們沉默下來。我想起那兩個人影在薄暮中的花園裡飄蕩的樣子，孤單、害怕，如鬼附身。他們一開始就心中害怕。那不正是罪惡感的表現嗎？

但是我回答自己：「不見得。」布蘭達和羅倫斯都害怕生活，他們對自己沒信心，對自己避開危險和失敗的能力沒信心，而且他們看得太清楚了，由非法的愛情導出謀殺的結論隨時都會牽扯到他們身上。

我父親開口了，他的聲音沉重、和藹。

「好了，查理，」他說，「讓我們面對它。在你的腦海裡，你仍然認為柳奈家的人才是真正的兇手，對吧？」

「並非如此。我只是懷疑……」

「你是這樣認為。或許你認為的是錯的，但是你確實是這樣認為。」

「是的。」我說。

「為什麼？」

「因為……」我想著，試著想個明白，絞盡我的腦汁……（對了，就是這個。）「因為他們自己這樣認為。」

「他們自己這樣認為？這倒是有意思，非常有意思。你的意思是，他們互相猜疑，或是他們確實知道是誰幹的？」

「我不確定，」我說，「一切都非常朦朧含混。我想，大體上來說，他們都試著掩飾這個想法。」

我父親點點頭。

「除了羅傑，」我說，「羅傑真的相信是布蘭達，而且他全心全意希望她被處以絞刑。這對於羅傑是一大解脫，因為他單純、堅定，心裡不藏任何東西。」

「可是其他人就不是這樣，他們心神不寧，神情歉然……他們催促我讓布蘭達得到最好的辯護，給她一切可能的有利辯護……為什麼？」

我父親回答：「因為在他們心中，他們並不真的相信她有罪……嗯，這合理。」

然後他平靜地問：「可能是誰幹的？你和他們都談過話了，誰最有可能？」

「我不知道，」我說，「而且這令我快瘋掉了。他們沒有一個吻合你的『凶手素描』，然而我又感到，我真的感到，他們之中有一個是凶手。」

「蘇菲亞？」

「不。天啊，不！」

「這是你心裡的一個推測。查理……是的，是有可能，不要否認。因為你不承認，這個可能性就會顯得愈強。其他人呢？菲力浦？」

「只有為了最最捕風捉影的動機才有可能。」

「動機可能是捕風捉影，或者可能是非常不足取。他的動機是什麼？」

「他非常嫉妒羅傑，一輩子都在嫉妒。他父親偏愛羅傑，逼得菲力浦躲進自己的內心世界。羅傑就要破產的時候，他父親聽說了。他答應要讓羅傑再度站起來。假設菲力浦知道了……如果那老頭子那天晚上死了，羅傑就得不到協助，羅傑會一敗塗地……噢！我知道這是荒謬的……」

「噢，不，不荒謬。這是不合理，不過還是會發生。這是人性。瑪格達呢？」

「她有點幼稚。她……不會衡量事情輕重。然而如果不是她突然想把喬瑟芬打發到瑞士去，我根本不會想到她與此事有所瓜葛。我不禁感到她是在害怕喬瑟芬知道什麼或可能說出什麼……」

「後來喬瑟芬就被人敲昏了頭？」

「哦，那不可能是她媽媽！」

「為什麼不可能？」

「可是，爸，做媽媽的不會……」

「查理，查理，難道你從來不看社會新聞嗎？做母親的不喜歡自己的孩子，這種事一再發生。只是不喜歡某一個……她可能非常鍾愛其他的。這其中有某種關聯、某種原因，但是經常難以追究出來。不過一旦這種不喜歡出現，便是一種說不出道理的嫌惡，而且非常強烈。」

「她說喬瑟芬是被妖精換來的醜八怪。」我不情願地承認說。

「那孩子介意嗎？」

「我不認為。」

「還有誰？羅傑？」

「羅傑沒有殺害他父親。我相當確信。」

「那麼把羅傑除外。他太太……她叫什麼名字？克里夢絲？」

「是的，」我說，「如果是她殺害了老柳奈，那麼一定是為了一個非常古怪的原因。」

我把我和克里夢絲之間的對話告訴了他。我說我認為她可能為了讓羅傑離開英格蘭，情急之下故意把老頭子毒死。

「她說服了羅傑不要告訴父親，悄悄離開。後來那老頭子發現了，打算支援聯合筵席公司。所有一切克里夢絲的希望和計畫都遭到了挫折。而她真的非常愛羅傑……超過了盲目崇拜、溺愛的程度。」

「你這是在重複艾迪絲・哈薇蘭所說的話！」

「是的。而且艾迪絲是另一個我認為很有可能下手的人。不過我不知道是為什麼。我只是覺得，她會為了她自認為充足的好理由，而把法律的生殺大權操在她自己手上。她就是那種人。」

「而她同時也非常急著要布蘭達得到適當的辯護？」

「是的。我想，這可能是良心發現。如果真的是她幹的，我並不認為她會有意要嫁禍給他們。」

「也許吧。不過她會把喬瑟芬那孩子打昏嗎？」

「不會，」我慢吞吞地說，「我無法相信。這令我想起了喬瑟芬對我說過的一件事，那一直在我心裡糾纏著，可是我又想不起來是什麼，我忘了。是一件不怎麼對勁的事。要是我想得起來……」

「算了，會想起來的。你還有沒有想到什麼人或什麼事？」

「有，」我說，「你對小兒痲痺症了解多少？我是說，這種病對性格的影響？」

「尤斯達？」

「是的。我愈想就愈覺得尤斯達可能就是凶手……他對爺爺的嫌惡與氣憤，他的怪異和喜怒無常，他很不正常。他是一家人當中我唯一認為會相當無情地把喬瑟芬打昏的人，如果她知道了他什麼……而且她很可能知道。那個孩子無所不知，她都把它們記在一本小簿子裡……」

我停了下來。

「天啊，」我說，「我怎麼這麼笨。」

「怎麼啦？」

「我現在知道是什麼不對勁了。我們——斷定泰文勒和我——喬瑟芬的房間之所以被搞得天翻地覆，被盲目地搜查了一番，是為了找那些信。我以為信在她手裡，她把它們藏在水槽室裡。但是那天她和我談話時，她說得相當清楚，把信藏在那裡的人是羅倫斯。她看到他從水槽室裡出來，就去窺探一下，結果發現了那些信。然後，當然啦，她也看了那些信。她會看！但是她把它們留在原處。」

「所以呢？」

「難道你不明白？那人到喬瑟芬房裡想找的並不是那些信，而是其他東西。」

「而這個所謂的其他東西……」

「就是她把她的調查結果記下來的那本黑色小簿子。這才是那個人要找的東西！而且我認為，那個人並沒有找到。我認為它還在喬瑟芬手裡。可是如果這樣……」

我半站了起來。

「如果是這樣，」我父親說，「那麼她仍舊不安全。你是不是要這樣說？」

「是的。在她出發到瑞士之前，她不會脫離危險。你知道，他們正計畫把她送到那裡去。」

「她想去嗎？」

「我不認為她想去。」

我考慮了一下。

「那麼她或許還沒去，」我父親冷淡地說，「不過我想你說她有危險是對的。你最好還是到那裡去。」

「尤斯達？」我絕望地叫了起來。「克里夢絲？」

我父親溫和地說：「在我腦海裡，一切事實都清清楚楚地指向一個方向……但我猜你自己看不出來。我……」

葛羅夫打開門。

「對不起，查理先生，你的電話。柳奈小姐從奚雲里打來的。緊急事件。」

這看來像是可怕的歷史重演。喬瑟芬是不是再度遇害了？而且這次那個兇手是不是得失手了……

我急忙跑去接電話。

「蘇菲亞？我是查理。」

蘇菲亞的聲音帶著一種沉重的絕望意味傳過來。

「查理，事情還沒過去。兇手還在這裡。」

「你到底是什麼意思？出了什麼差錯？是不是……喬瑟芬？」

「不是喬瑟芬。是姆媽。」

「姆媽？」

「是的，是一些可可……喬瑟芬的可可，她沒有喝下去，她把它留在桌上。姆媽認為浪費了可惜，所以她喝下去了。」

「可憐的姆媽。她很嚴重嗎？」

蘇菲亞的聲音嘶啞。

「噢，查理，她死了。」

24

我們再度回到夢魘中。泰文勒和我驅車離開倫敦時我這樣想著。這是我們上次旅程的重演。

泰文勒間歇咒罵著。

至於我，我一再愚蠢、無濟於事地重複說：「原來不是布蘭達和羅倫斯，不是布蘭達和羅倫斯……」

我真的曾經認可過嗎？我曾經那麼慶幸是他們。那麼，慶幸避開了另一個更邪惡的可能性……

他們彼此相愛。他們彼此寫了一些愚蠢、濫情、浪漫的情書。他們沉浸在一個希望裡，希望布蘭達的老公能迅速、平靜、快樂地死去……但是我不認為他們會希望他死。我一直有種感覺，覺得一段絕望、不快樂的戀情比踏入平庸的婚姻生活對他們無異，或者說，更適合他們。我不認為布蘭達是個激情、衝動的女人，她太貧乏、太冷淡了。她渴望的是一段羅曼史。而且我也認為，羅倫斯比較喜歡挫折感和一種朦朧的幸福夢境，而不是實實在在的肉體滿足。

他們掉進了陷阱裡，嚇壞了，而且沒有找出生路的智慧。羅倫斯笨得令人不可思議，他甚至沒有把布蘭達的信毀掉。布蘭達想必已經把他的信給毀了，因為他給她的信並沒有被發現。而且把那塊大理石門擋放在門上的人不是羅倫斯，是某個真面目仍然藏在面具後面的人。

我們到達前門停車。泰文勒下車，我跟隨在他身後。有一個我不認識的便衣警察在門廳裡。他向泰文勒敬禮，泰文勒把他拉到一邊去。

我的注意力被門廳裡的一堆行李箱吸引住。上面都貼了標籤準備好運走。我正看著，克里夢絲走下樓梯，穿過底層敞開的門。她同樣穿著那件紅色衣服，上面加了一件斜紋軟呢外套，戴著一頂紅氈帽。

「你正好趕上跟我們說再見，查理。」她說。

「你們要走了？」

「我們今晚上倫敦去。飛機明天一早起飛。」

她平靜地微笑著，但是我想她的眼神帶著警覺。

「可是你們現在不能走吧。」

「為什麼不能？」她的聲音生硬。
「發生了這樁命案……」
「姆媽的死和我們無關。」
「或許無關，但是……」
「為什麼你說『或許無關』？是和我們無關啊！羅傑和我一直都在樓上整理行李。那杯可可放在門廳桌上的那段時間，我們根本都沒下樓。」
「你能提出證明嗎？」
「我可以替羅傑作證，而羅傑可以為我作證……」
「就只是這樣。記住，你們可是夫妻。」
她的怒火熄滅。
「你真是難纏，查理！羅傑和我就要離開，去過我們自己的生活。我們何必毒害一個從未傷害過我們的笨老太婆？」
「可能你們想要毒害的不是她。」
「那麼我們更不可能毒害一個小孩子。」
「這要看是什麼小孩，不是嗎？」
「你這是什麼意思？」
「喬瑟芬不是普普通通的小孩。她對人的了解很多，她……」

我中斷下來。喬瑟芬從通往客廳的那道門冒出來。她的嘴裡還是免不了咬著蘋果，她的兩眼帶著一種殘忍而洋洋自得的意味，閃閃生輝。

「姆媽被毒死了，」她說，「就像爺爺一樣。這真是非常刺激，不是嗎？」

「難道你一點都不感到難過嗎？」我厲聲問道，「你喜歡她，不是嗎？」

「不特別喜歡。她總是罵我這個罵我那個。她很囉嗦。」

「你喜歡過任何人嗎，喬瑟芬？」克里夢絲問道。

喬瑟芬把她殘忍的眼光移向克里夢絲。

「我愛艾迪絲姨婆。而且我可能也愛尤斯達，只是他總是對我很惡劣，沒有興趣查出這一切是誰幹的。」

「你最好不要再去查什麼了，喬瑟芬，」我說，「這非常不安全。」

「我不用再查了，」喬瑟芬說，「我知道了。」

一陣沉默。喬瑟芬的眼睛一眨也不眨地緊緊盯住克里夢絲。一個有如長長嘆息的聲音傳入我的耳裡。我猛然一轉身。艾迪絲·哈薇蘭站在樓梯半途……但我不認為嘆息的人是她。那個嘆息聲是來自喬瑟芬剛剛走出來的那扇門後面。

我猛然跨步過去，把那扇門拉開，沒見到任何人。

然而我還是深深困擾著。某人剛剛站在那扇門後面，而且聽到了喬瑟芬所說的那些話。

我走回去，抓住喬瑟芬的手臂。她吃著蘋果，緊緊盯住克里夢絲。在她那嚴肅的面貌之下，我想，有某種邪惡的得意感。

「來吧，喬瑟芬，」我說，「我們去談一談。」

我想喬瑟芬本來可能想反抗，但是我可不容她再胡鬧。我逼著她跑回她家去。那裡有個小小客廳，我確信我們在裡頭不會受到干擾。我把她帶進去，緊緊關上門，讓她在一張椅子上坐下來。我拉過另一張椅子，坐在她前面，好跟她面對面。

「現在，喬瑟芬，」我說，「我們來攤牌。你到底知道些什麼？」

「很多事情。」

「那我倒不懷疑。你那個腦袋瓜子可能把一些相干或不相干的事都裝得滿滿的，快溢出來了。不過你知道我指的是什麼，不是嗎？」

「當然我知道，我又不笨。」

我不知道她的言外之意損的是我或是警方，但我不予理會，繼續說下去。

「你知道是誰在你的可可裡加東西？」

喬瑟芬點點頭。

「你知道是誰毒死了你爺爺？」

喬瑟芬再度點點頭。

「還有誰打昏了你的頭？」

喬瑟芬又是點點頭。

「那麼你要把你所知道的說出來。你要把一切告訴我……現在就說！」

「我不說。」

「你非說不可。你所得到或是調查出來的每一點、每一滴資料，都得交給警方。」

「我什麼都不會告訴警方。他們太笨。他們以為是布蘭達，或是羅倫斯幹的。我不像他們那麼笨，我非常清楚不是他們幹的。我一直都知道是誰幹的，後來我做了一次試驗……現在我知道我是對的。」

她洋洋自得地把話說完。

我向上天祈禱，然後再耐心地從頭開始問起。

「聽著，喬瑟芬，也許你非常聰明……」喬瑟芬露出一副感謝的樣子。「但是如果你不能活著，光是聰明對你沒有多大好處。難道你不明白，你這小傻瓜，你再這樣保守祕密下去，會有很大的危險？」

喬瑟芬贊同地點點頭。

「當然。」

「你已經有兩次差點把小命送掉。一次你自已差點沒命。另一次害得別人死掉。難道你不明白，如果你繼續這樣得意洋洋的到處去宣揚你知道凶手是誰，那麼凶手會再蠢動……不是你死就是別人替你死？」

「在一些小說裡，人一個接一個的被殺掉，」喬瑟芬得意地告訴我。「到最後你就找到了凶手，因為他或她實際上是唯一剩下來的人。」

「這可不是什麼偵探故事。這裡是三山牆，奚雲里，而你是個看了太多沒用的書的傻女孩。即使我得把你搖得牙齒打顫，我也要你告訴我你所知道的事。」

「我可以不告訴你實話。」

「你是可以，但是你不會。不管怎麼說，你到底在等什麼？」

「你不了解，」喬瑟芬說，「也許我永遠不會說出來。你知道，我可能……喜歡那個人。」

她停頓下來，好像要讓我聽懂她的意思。

「而且如果我真的說出來了，」她繼續說，「我會好好地說。我會要每個人都圍坐在我面前，然後我會從頭說起……說出一些線索，然後，相當突然的，我會說：『就是你……』」

就在艾迪絲．哈薇蘭走進來時，她戲劇化地伸出食指一指。

「把那果核丟進垃圾筒裡去，喬瑟芬，」艾迪絲說，「你沒有手帕嗎？你看你的手指頭都黏住了。我來帶你上車去。」她意味深長地看了我一眼，說：「她離開這裡一兩個鐘頭會比較安全。」喬瑟芬一副反抗的樣子，艾迪絲又加上一句說：「我們到長橋去吃蘇打冰淇淋。」

喬瑟芬眼睛一亮說：「兩份。」

「也許吧，」艾迪絲說，「現在去拿你的帽子，穿上你的外套，還有你那條深藍色圍巾。今天外面很冷。查理，你最好跟她一起去，不要離開她，我要寫一兩張字條。」

她在書桌旁邊坐下來，我護送喬瑟芬出去。即使艾迪絲沒有提醒，我也會像吸血鬼一樣緊緊黏著喬瑟芬。

我深信危機隨時都在這孩子左右。

當我在監視著喬瑟芬打扮時，蘇菲亞走了進來，見到我她好像很驚愕。

「啊，查理，你變成看護了？我不知道你在這裡。」

「我要和艾迪絲姨婆到長橋去，」喬瑟芬慎重其事地說，「我們要去吃冰淇淋。」

「什麼，在這種天氣？」

「蘇打冰淇淋什麼時候都很好吃，」喬瑟芬說，「你的肚子裡一冷，就會讓你感到身體外頭熱一點。」

蘇菲亞皺起眉頭，她顯得十分擔憂，我被她蒼白的臉色和眼下的黑暈嚇了一跳。

我們回到小客廳，艾迪絲剛剛封好一兩個信封，她敏捷地站起來。

「我們現在動身，」她說，「我已經要伊凡斯把那輛福特開過來給我。」

她快步走到門廳。我們跟在她後頭。

我的眼睛再度被那些行李箱和上面的藍標籤吸引住。為了某種原因，它們引起我隱隱約約的不安。

「今天天氣相當好，」艾迪絲．哈薇蘭戴上手套，抬頭看看天色說。那輛福特車停在屋前。「冷，不過很能提神。一個真正的英國秋天。那些光禿禿的樹枝伸向天空是多麼地美，只有一兩片金黃的葉子還掛在上頭……」

她沉默了一會兒，然後轉身親吻蘇菲亞。

「再見，親愛的，」她說，「不要太擔心。有些事是不得不面對、忍受的。」

然後她說：「來吧，喬瑟芬。」

她進了車子。喬瑟芬爬上去坐在她一旁。

她們倆驅車而去，朝我們揮揮手。

「我想她說得對，還是讓喬瑟芬離開一下得好。不過我們得讓那孩子說出她所知道的事，蘇菲亞。」

「她或許什麼都不知道，只是在炫耀。你知道，喬瑟芬喜歡讓她自己看起來很重要。」

「不只是這樣。他們知道可可裡面下的是什麼毒嗎？」

「他們認為是洋地黃[4]。艾迪絲平時在服用洋地黃，因為她的心臟不好。她有一整瓶小藥片放在她房裡。現在瓶子是空的。」

「她應該把這種東西鎖起來。」

4 洋地黃又稱毛地黃，是一種強心劑。

「她是鎖起來了。我想那個人大概不難找出她把鑰匙藏在什麼地方。」

「那個人?誰?」我再度看著那堆行李,突然大聲說:「他們不能走。不能讓他們走。」

蘇菲亞顯得很驚訝。

「羅傑和克里夢絲?查理,你不會是認為……」

「哦,你認為呢?」

蘇菲亞雙手無助地一攤。

「我不知道,查理,」她低聲說,「我只知道我又回到……又回到夢魘裡……」

「我知道。跟泰文勒開車過來時,我正是對自己這樣說的。」

「因為這真的是如假包換的夢魘。走在一群你認識的人之中,看著他們的臉……而這些臉突然都變了,變成不再是你所認識的人,變成了陌生人,殘忍的陌生人……」

她叫了起來。

「到外面去,查理,到外面去。外面比較安全……我害怕待在屋子裡……」

／25

我們在花園裡待了很久。出自默契，我們沒有談論那份緊壓在我們心頭的恐懼感。蘇菲亞深情地談著那死去的婦人，談著她們一起做過的事，以及她們兒時和姆媽一起玩過的遊戲……還有那老婦人經常說給她們聽的有關羅傑、她們的父親和其他叔叔、姑姑的事。

「你知道，他們是她真正的子女。她是在戰時才回來幫忙我們的，那時喬瑟芬還是個小嬰孩，而尤斯達還只是個傻傻的小男孩。」

這些記憶能給予蘇菲亞某種撫慰，我鼓勵她繼續談下去。

我不知道泰文勒在幹些什麼。我想，大概是在問話。一輛車子載來了警方的攝影師和其他兩個人，隨後是一輛救護車。

蘇菲亞有點顫抖。不久，那輛救護車離去，我們知道姆媽的屍體被載走，準備送去驗屍。

我們仍然在花園裡或坐著，或起來走動，或談著話……只是我們所談的話愈來愈言不及義。

最後，蘇菲亞顫抖著說：「一定很晚了，天都快黑了。我們得進去。艾迪絲姨婆和喬瑟芬還沒回來……她們現在應該回來了吧？」

我的心中升起了一股隱隱的不安。發生什麼事了？艾迪絲難道是故意要讓那孩子離開畸屋？

我們走進屋子裡。蘇菲亞把所有窗簾都拉上。壁爐的火已經生起，大客廳融合著一種不實在的舊日豪華氣氛，大盆大盆的褐色菊花擺在桌子上。

蘇菲亞按下鈴，一個以前在樓上服務的女僕端進茶來。她兩眼紅紅的，不斷抽擤著鼻子。同時我也注意到她那不時快速往身後瞄一眼的恐懼模樣。

瑪格達加入我們，但是菲力浦的茶被端進去他的書房。瑪格達此時的角色是僵滯的悲傷形象。她話說得很少，幾乎都沒開過口。只說過一句話：「艾迪絲和喬瑟芬呢？她們出去很久了。」

但是她說得心不在焉。

我自己則變得愈來愈不安。我問泰文勒是不是還在屋子裡，瑪格達回說她猜還在。我去找他。我告訴他我很擔心哈薇蘭小姐和那個孩子。

他立即抓起電話，下了幾道指示。

「我一有消息就會讓你知道。」他說。

我向他道謝，回到客廳裡。蘇菲亞和尤斯達在那裡。瑪格達已經離開了。

「一有消息他就會讓我們知道。」我對蘇菲亞說。

她低聲說：「出事了，查理，一定是出事了。」

「我親愛的蘇菲亞，現在其實還不晚。」

「你們在擔心什麼？」尤斯達說，「她們也許看電影去了。」

他晃了出去。我對蘇菲亞說：「她可能把喬瑟芬帶去飯店了……或是上倫敦去。我想她很了解那孩子有危險，或許她比我們更了解。」

蘇菲亞以一種我不太能了解的陰森表情回答我。

「她向我吻別……」

我不太明白她這句突兀的話是什麼意思、是想說明什麼。我問她瑪格達擔不擔心。

「媽媽？不，她還好。她沒時間感。她在看一本范華蘇．瓊斯的新劇本，叫《牝雞司晨》，是一齣關於謀殺的可笑戲碼。一個女性『青鬍公』——從《砒霜與舊絲帶》剽竊過來的。不過其中有個不錯的女性角色，一個心理變態想做寡婦的女人。」

我沒再說什麼。我們坐著，假裝在閱讀書報。

六點三十分，泰文勒打開門走了進來。他的臉色讓我們有了心理準備。

蘇菲亞站起來。

「怎麼樣？」她說。

「抱歉，我有個壞消息要告訴你們。我發出全面警戒通告，要他們注意那輛車子。一個機動巡邏警員看到一輛車牌號碼一樣的福特汽車在菲克司伯荒野轉離大道，開進樹林子裡去……」

「不是……到菲克司伯採石場去的小路吧？」

「是的，柳奈小姐。」他頓了頓，然後繼續說下去，「那輛車子在採石場裡。車上兩名乘客都死了。幸好，她們是立即死亡，沒有受到死前的折磨……」

「喬瑟芬！」瑪格達站在門口。她的聲音上揚，轉為哭號。「喬瑟芬……我的孩子。」

蘇菲亞走向她，雙臂環抱著她。

我說：「等一等。」

我想起了什麼！艾迪絲．哈薇蘭寫了一兩封信，帶在手上走出去到門廳。

但是她上車時，信並沒有在她手上。

我衝進門廳，走到那座橡木長櫃前面，看到了那些信……不顯眼地塞在一個銅製茶壺後面。

上面一封是寫給泰文勒探長的。

泰文勒已經跟過來。我把信遞給他，他拆開，我站在他一旁看著信中簡要的內容。

我期望這封信在我死後才被拆閱。我無意詳細多說，但是我必須為我姐夫亞瑞士泰・柳奈和珍妮・羅伊（姆媽）的死負完全責任。我藉此鄭重宣布，亞瑞士泰・柳奈的被殺，布蘭達・柳奈和羅倫斯・布朗是無辜的。去問哈利大街七八三號的麥克・謝華吉醫生，他會證實我只能再活幾個月。我寧可採取這種方式了此殘生，讓兩個無辜的人免除背負謀殺罪名的夢魘。我的心智正常，同時完全清楚我寫的是什麼。

艾迪絲・艾爾夫瑞達・哈薇蘭

我看完之後才知道蘇菲亞也在一旁看了……有沒有經過泰文勒的同意，我不知道。

「艾迪絲姨婆……」蘇菲亞喃喃說道。

我想起了艾迪絲・哈薇蘭狠狠用腳把野生旋花草踩進土裡的樣子。我想起了我早先憑空想像地懷疑過她。但是為什麼……

蘇菲亞在我想出來之前說中了我的想法。

「但是為什麼喬瑟芬……為什麼她帶著喬瑟芬？」

「為什麼她要這樣做？」我問道，「她的動機是什麼？」

就在我這麼自問的時候，我知道了真相。我看清了整個事情。我了解到我的手上還拿著她的第二封信。我低下頭，看到信封上有我的名字。

這封信比另一封厚些、硬些。我想我知道裡面是什麼。我拆開信封，喬瑟芬的黑色小簿子掉了出來。我把它從地上撿起來，在我手中攤了開來，看著第一頁的記載……

我聽到蘇菲亞清晰、自制的聲音恍如從遙遠的地方傳過來。

「我們全弄錯了，」她說，「不是艾迪絲幹的。」

「不是。」我說。

蘇菲亞向我走近，她輕聲說：「是……喬瑟芬，是嗎？沒錯，是喬瑟芬。」

我們一起低頭看著那本黑色小簿子上的第一條記載，那是出自小孩子歪歪扭扭的手筆。

今天我殺死了爺爺。

26

我不懂我怎麼會這麼盲目、麻痺。真相一直都明白擺在眼前。喬瑟芬，只有喬瑟芬吻合一切的條件。她的自負、她一再的自覺了不起、她喜歡說話、她一再重複她有多麼聰明，還有警方是多麼笨。

我從沒考慮過她，因為她是個小孩子。但是小孩子還是有能力殺人，而這個特殊的謀殺案正在小孩子的能力範圍之內。她爺爺自己指出了精確的謀殺方法……實際上，他給了她一份指南。她只需避免留下指紋，這一點只要看過一點點偵探小說的人都懂。其他細節只是一些大雜燴，取材自一大堆的推理故事。那本筆記本、各種偵探行動、假裝疑神疑鬼、一再堅持要等到她確定之後才說出來……

還有她自己受到攻擊。一個幾乎令人難以置信的表演，想想看，她可能不小心就把自己的小命賠進去。但是，孩子氣的她完全沒考慮到這種可能性。然而還是有個線索在那裡——

洗衣房裡那張舊椅子座墊上的泥土屑。喬瑟芬是唯一需要爬上椅子才能把那塊大理石門擋平擺在門上緣的人。顯然那塊大理石沒打中她不只一次（從門上的凹痕可以看出來），而她耐心地爬上爬下重複擺上去，並用她的圍巾包著以防留下指紋。最後它掉了下來……而她僥倖逃過一死。

真是個天衣無縫的圈套！在大家的認知裡，她變成了凶手的目標！她身處危境，她「知道了什麼」，她受到了攻擊！

我終於了解她是故意讓我注意到她人在水槽室裡。而且她在到洗衣房之前，已先把自己的房間弄得亂七八糟。

然而當她從醫院回來，發現布蘭達和羅倫斯被捕時，她一定大感失落。案子結束了，而她——喬瑟芬，也從水銀燈下消失，不再受人注目。

因此她從艾迪絲房裡偷到洋地黃藥片，放進自己的可可杯子裡，還把那杯可可原封不動地留在門廳桌上。

她知道姆媽會喝掉嗎？可能。從她那天早上所說的話，聽得出來她氣不過姆媽對她的批評。對小孩子經驗老到的姆媽或許懷疑過她吧？我想姆媽知道，她一向知道喬瑟芬不正常。她的心智發展得太過早熟，形成了不健全的道德觀。或許，還有各種遺傳因素——蘇菲亞所謂的家族性「冷酷」特質也混在了一起。

她帶有她祖母家族的權威性冷酷，瑪格達家族的冷酷及自我中心主義，只知從自己的觀點來看事情。她想必也深感痛苦，她像菲力浦一樣敏感，感到恥辱，因為她是一個不吸引人的小孩，是被妖精換來的醜八怪，是在家裡不受歡迎的小人物。最後是，她的骨子裡，帶有老柳奈那種邪門的血統。她是柳奈的孫女，她的頭腦、她的狡詐就像他一樣……但是他的愛是外投到他的家人朋友身上，而她的愛則回歸到自己身上。

我想老柳奈了解到其他家人所未能了解的事實，那就是：喬瑟芬可能會對別人、對她自己構成危險。他不讓她上學去，因為他怕她會做出什麼事來。他庇護她，把她守在家裡，而且我現在明白了，他要蘇菲亞照顧喬瑟芬，已有如燃眉之急。

瑪格達突然要把喬瑟芬送出國的決定……是不是也是因為害怕那個孩子？或許不是一種感知的害怕，而是某種母性朦朧的直覺。

而艾迪絲．哈薇蘭呢？她是否先是懷疑，然後害怕……最後知道了？

我看著手上的信。

親愛的查理，這封信只有你可以看……蘇菲亞也可以，如果你想的話。有個人知道真相是絕對必要的。我在後門外面廢棄的狗屋裡找到了我所附上的本子。她把它藏在那裡。這證實了我早已懷疑的事。我所採取的方法可能對，也可能錯……我不知道。但是，無論如何，我的生命已接近尾聲，如果社會必須以世俗的方法來追究她所應負的責任，我不願那孩子受那種折磨，我相信她一定會很痛苦。

同一對夫婦生下來的孩子經常會有一個「不太對勁」。

如果我做錯了，上帝請原諒我——但是我這樣做是出自愛心。上帝保佑你倆。

艾迪絲．哈薇蘭

我猶豫了一下，然後把信遞給蘇菲亞。我們一起打開喬瑟芬的黑色小簿子。

今天我殺死了爺爺。

我們翻動著。真是一部驚人的作品。我想，心理學家一定會深感興趣。它展現了受挫的自我中心主義者的憤怒，一清二楚。謀殺的動機也記載了下來，它們反常、幼稚得令人惋惜。

爺爺不讓我學芭蕾舞，所以我下定決心要殺死他。然後我們會到倫敦去住，媽媽不會在意我學芭蕾。

我只看了幾條記載。它們令人震撼無比。

我不想到瑞士去，我不去。如果媽媽逼我，我也會殺死她……只是我找不到毒藥了。也許我可以用毒草莓。它們可以毒死人，書上說的。

最近尤斯達讓我非常生氣。他說我只不過是個小女孩，沒什麼用，而且說我的偵探工作很可笑。如果他知道謀殺案是我幹的，就不會認為我可笑。

我喜歡查理……但是他有點笨。我還沒決定要嫁禍給誰。也許就是布蘭達和羅倫斯……布蘭達對我很不好，她說我頭腦有問題，可是我喜歡羅倫斯，他告訴我關於莎蘿特．柯迪的事。她在某人洗澡時殺死了他。她那樣做不太聰明。

最後一段記載揭露全貌：

我恨姆媽……我恨她……我恨她……她說我只不過是個小女孩。她說我愛出鋒頭。她迫使媽媽把我送出國……我也要把她殺死……我想用艾迪絲姨婆的藥就可以了。如果再有謀殺案，那麼警方會再回來，一切都會再緊張刺激起來。

姆媽死了。我真高興。我還沒決定要把那瓶小藥片藏在什麼地方。也許藏在克里夢絲伯母……或是尤斯達的房間。當我老了死掉後，我會把這本冊子指名交給警察頭頭，他們就會知道我是個多麼偉大的罪犯。

我合起本子。蘇菲亞的眼淚汩汩流下。

「噢，查理，噢，查理……好可怕。她竟是這麼一個小怪物，卻又……卻又這麼令人痛惜。」

我的感受也一樣。

我喜歡過喬瑟芬，我仍然感到喜歡她……你對任何人的喜歡不會因為他們得到肺結核或是其他重大疾病而消減。如同蘇菲亞所說的，喬瑟芬是個小怪物，但她是個令人痛惜的小怪物。她天生就有精神乖僻，一棟畸屋裡的畸形兒。

蘇菲亞問道：「如果……她還活著，那會怎麼樣？」

「我想，大概會被送去少年感化院或是其他特殊的學校去。然後過段時間她會被釋放出來……或是可能被送進精神病院，我不知道。」

蘇菲亞毛骨悚然。

「還是像現在這樣的好。可是艾迪絲姨婆……我不想讓她擔當罪名。」

「這是她的選擇。我想警方不會公布這件事。我想布蘭達和羅倫斯這個案子會撤銷，他們會被釋放。」

「而你，蘇菲亞，」我說，這一次是用不同的語調，同時握住她的雙手。「你要嫁給我。我剛聽說我被指派到波斯去。我們一起到那裡，你會忘掉這棟歪歪扭扭的屋子。你母親可以推出她的戲，你父親可以買更多的書，而尤斯達很快就會上大學了。不用再替他們操心，想想我。」

蘇菲亞直視著我的雙眼。

「你不怕娶我嗎，查理？」

「我有什麼好怕的？所有最壞的遺傳都落在可憐的小喬瑟芬身上。而你，蘇菲亞，我相信柳奈家最勇敢、最美好的遺傳都落到你身上了。你祖父非常器重你，而他好像通常都是對的。抬起頭來，親愛的。未來是我們倆的。」

「我會的，查理，我愛你，我會嫁給你，而且讓你幸福快樂。」她低頭看著那本筆記本。「可憐的喬瑟芬。」

「可憐的喬瑟芬。」我說。

§

「事實真相是什麼，查理？」我父親說。

我從沒對老爸撒過謊。

「不是艾迪絲．哈薇蘭，」我說，「是喬瑟芬。」

我父親輕輕點點頭。

「是的，」他說，「我也這樣認為，而且已經有段時間了。可憐的孩子……」

專文推薦

藏在日常細節中的冒險

楊照（作家）

一開始，就都在那裡了。

一九二〇年，阿嘉莎．克莉絲蒂出版了《史岱爾莊謀殺案》，神探白羅就已經退休了。而且在這個案子裡，藉由敘述者海斯汀的轉述，就鋪陳出克莉絲蒂小說最基本的偵探原則：

「那些看來或許無關緊要的小細節……它們才是重要的關鍵，它們才是偉大的線索！」

「豐富的想像力就像洪水一樣，既能載舟亦能覆舟，而且，最簡單直接的解釋，往往就是最可能的答案。」

「沒有任何謀殺行為是沒有動機的。」

還有，一個不討人喜歡的死者，一群各有理由不喜歡死者、因而也就都有殺人動機的人，這些人彼此之間構成複雜的關係，有的互相仇視，有的互相愛戀，麻煩的是，有些愛人其實貌合神離，有些仇人其實私下愛慕；更麻煩的是，不論是愛或是仇，都有可能是扮演出來的。

一個外來的偵探必須周旋在這些嫌疑者之間，從他們口中獲取對於案情的了解，換句話說，他必須在很短的時間內，搞清楚誰是誰、誰跟誰吵架、誰跟誰偷情，然後判斷誰說的哪一句是實話、哪一句是謊言。常常謊言比實話對於破案更有幫助。

再偷偷透露一下，如果要和小說裡的凶手及小說背後的作者鬥智，就像克莉絲蒂對英國社會的了解，祕訣就在於要去追究小說裡的人物背景，尤其是他們的階級地位。基本上，階級地位愈高、權力愈大、愈有錢者，說的話就愈不要相信。例如在《史岱爾莊謀殺案》中，僕人、園丁說的話遠比有頭有臉的人說的要可信多了。就算要說謊，他們的謊言也比較天真，而且往往出於善良動機。當你歸納線索時，就會知道他們並非故意說謊，那是因為他們的認知受到蒙蔽或誤導，而你慢慢就從這蒙蔽或誤導中被引導到真相。

《史岱爾莊謀殺案》出版那年，克莉絲蒂三十歲，但書稿其實早在五年前就寫好了，畢竟要找到有人願意出版一個看來再平凡不過的家庭主婦寫的小說，並不是那麼容易。

所有和克莉絲蒂接觸過的人，都對於她的「正常」留下深刻印象。她看起來就和她那個年紀的典型英國家庭主婦一樣，害羞、靦腆，只能在社交場合勉強跟人聊些瑣事話題，完全無法演講，甚至連只是站起來對眾賓客說幾句客套話，請大家一起舉杯，她都做不到。她不演講，也很少答應接受採訪，就算採訪到她也很難從她口中得到有趣的內容。她會講的，幾乎都是記者本來就知道、或者自己就可以想得出來的。

例如說白羅這個神探的來歷。克莉絲蒂回答：他應該是個外國人，這樣就能在英國日常生活中看出英國人自己看不出的線索。她自己碰過的外國人，只有第一次大戰剛爆發時到英國避難的比利時人。比利時警察怎麼能跑到英國來？那一定是因為他已經退休了。他有潔癖，所以對於現場會有特殊的直覺，馬上感受到不對勁的地方。一個有潔癖的人，好像應該長得矮小些才相稱，一個矮小有潔癖的人最適當的名字，就是希臘神話裡的大力士「赫丘勒斯（Hercules）」，製造出荒唐的對比趣味。那白羅這個姓是怎麼來的呢？克莉絲蒂很誠實地說：「我不記得了。」

一切都如此順理成章，一切都如此合邏輯，不是嗎？有記者問她怎麼看自己的舞台劇〈捕鼠器〉，創下了英國劇場、甚至全世界劇場連演最多場紀錄的名劇？克莉絲蒂的回答也還是中規中矩，合理合節：那是一齣小戲，在一個小劇院演出，成本很低，任何人想到了都可以帶家人或朋友去看，老少咸宜，並不恐怖，也不特別荒謬打鬧，可是又什麼都有一點，包括恐怖和荒謬打鬧的成分。

她的身上找不出一點傳奇、怪誕色彩，那她為什麼能在五十年間持續寫偵探小說，創造了那麼多謀殺，還創造了那麼多詭計？

首先因為她是女性，以及她的身世，包括她的階級身分，使得她在描寫故事場景時比一般男性作者來得敏感。因為在她之前的偵探推理小說男性作家的階級身分都是高高在上，基本上他們會從較高的角度看社會，比較看不到底層的感受。

而她的婚變以及婚變中遭逢的痛苦，都使她更能體會與觀察，將英國社會的複雜細節融入小說的核心情節，讓探案與線索分析結合在一起。

克莉絲蒂一生結過兩次婚，第一次在一九一四年，婚後不久，丈夫就參加了歐戰，是英國皇家空軍最早一批飛行員。一九二六年，這個丈夫有了外遇，直率地向克莉絲蒂要求離婚，在那之前，克莉絲蒂的媽媽才剛過世，雙重打擊之下，又遇到車子無法發動，克莉絲蒂崩潰了，她棄車而走，忘記了自己究竟是誰，躲進一家鄉間旅館，登記時寫了她心裡唯一有印象的名字——她丈夫情婦的名字。

離婚後，一次在晚宴中，有人提起近東烏爾考古的最新收穫，克莉絲蒂就取消了原定要去西印度群島的計畫，改訂了跨越歐洲到君士坦丁堡的「東方快車」，是的，就是這趟旅程給了她寫《東方快車謀殺案》的靈感。不過更重要的是，在烏爾，她認識了一位年輕的考古學家，比她小十四歲，這個人後來成了她的第二任丈夫。

這位考古學家陪她去參觀在沙漠中的烏克海迪爾城，卻在沙漠中迷路困陷了。幾小時中克莉絲蒂卻沒有一點驚慌不安，當下考古學家就決定要向她求婚。

原來，克莉絲蒂的內心是有這種冒險成分的。要不然她不會兩次選到的，都是喜愛冒險的丈夫，而她本身大概也不會吸引一個在各種危險情境下挖掘古代寶藏的人，讓他願意向一個大他十四歲的女人求婚。

這樣說吧，維多利亞時代後期的英國環境，壓抑限制了克莉絲蒂冒險、追求傳奇的內在衝動，她只好將這樣的衝動寄託在丈夫和寫作上。她一邊陪著第二任丈夫在近東漫走，一邊在小說中寫各式各樣的謀殺與探案。謀殺和探案都是冒險，還有，偵探偵查中做的事——蒐集線索，還原命案過程——其實和考古學家的考掘，如此相似！

克莉絲蒂寫得最好的，正是「藏在日常中的冒險」。她個性中的雙面成分，造就了特殊的偵探魅力。既嚮往非常傳奇，卻又有根深柢固的日常邏輯信念，兩者都在克莉絲蒂的小說中扮演了重要角色。她的謀殺案幾乎都和日常習慣緊密編織在一起，日常環境成了凶手最重要的掩護。有些日常規律明顯地被破壞了，讓我們很自然以為那會是謀殺的線索，沿著這些線索形成了閱讀中的推理猜測，然而白羅早就提醒了，真正重要的反而是那些「細節」，也就是看來像是依隨日常邏輯進行的事，或說藏在日常邏輯中因而不被看重的事，那裡要嘛藏著凶手的核心詭計、煙幕，要嘛藏著凶手致命的破綻。

凶案的構想，就是如何讓異常蓋上日常、正常的面貌，又如何故意將日常、正常予以扭曲，製造假象；那麼偵探要做的，就是如何準確地在日常中分辨出真正的異常，將假的、明顯的異常撥開來，找出細節堆疊起來的異常真相。

此外，克莉絲蒂的小說裡隱藏著極其曖昧的情感價值觀，最典型、最有名的就是《東方快車謀殺案》。透過追查過程，讓讀者知道為什麼凶手要訴諸於這種手段，其動機具有可同情之處，再加上克莉絲蒂對身分階級的觀察，她比較相信或讓讀者相信那些沒有權力、地位的人，隨著偵查節奏去認識可能或必須懷疑的人。克莉絲蒂最擅長營造「多重嫌疑犯」的小說特質，因為讀者在閱讀時必須被迫去認識很多不一樣的人。在她最受歡迎的作品，大概都具備這樣的特質。

當然，她的作品中還有兩個最突出的神探，即白羅和瑪波。白羅是比利時人，但為什麼必須是外國人？這是因為英國人具有高度階級意識，這種觀念一路滲透到所有互動細節，包括人與人之間如何說話。而白羅因為不是英國人，他會發現一般英國人不太看得出來的東西，以及兩個人互動的方法哪裡不正常。至於瑪波為什麼得是老太太？她一如那個年代的老人家，總是靜靜坐著打毛線，因為不起眼，自然讓人放鬆防備，所以瑪波探案的線索都是來自於這樣的互動模式。

然而，白羅有很明顯的優勢，瑪波的身分使她基本上只能進行「靜態」的辦案，案子的空間受到侷限，白羅卻可以跨越各種空間，恣意揮灑。而且白羅擁有警官身分，可以合理出現在各種犯罪現場，瑪波能出現的地方，相形之下就勉強、不自然多了。白羅是明白的 outsider，在英國，只要他出現，就會覺得有外人在而感到緊張，於是很容易露出平常不會表現的行為；瑪波則看起來是 insider，但實質上是 outsider，因為總是沒人發現她、當她空氣人。這兩人的探案，是兩個極端。雖然讀者最愛白羅，但克莉絲蒂自己偏愛瑪波勝於白羅。

不管後來的偵探、推理小說發展了多少巧妙詭計，克莉絲蒂卻不會過時，因為她的推理如此密切地和日常纏繞在一起；活在日常中，我們就無可避免被克莉絲蒂的「日常細節推理」吸引，隨時讀來都充滿驚奇趣味。

名家盛讚克莉絲蒂（依推薦時間排序）

金庸（作家）

克莉絲蒂的寫作功力一流，內容寫實，邏輯性順暢，也很會運用語言的趣味。閱讀她的小說，在謎底沒有揭露之前，我會與作者鬥智，這種過程非常令人享受。其作品的高明之處在於：布局的巧妙完全意想不到，而謎底揭穿時又十分合理，讓人不得不信服。

詹宏志（作家、PChome 網路家庭董事長）

推理小說在從先輩柯南．道爾等人的發明中出現力量時，誕生了一位《天方夜譚》故事中每天說故事說個不停的王妃薛斐拉．柴德，也就是「謀殺天后」克莉絲蒂，整個世界對聽這些故事才有如此的熱情。他們捨不得睡覺，每天問後來還有嗎、還有嗎，永遠不肯離去，這就是克莉絲蒂對推理小說的最大貢獻。

可樂王（藝術家）

所謂「克莉絲蒂式」的推理小說，就是一場和一個天才的寫作者或高明的恐怖份子在紙上捕掠捉殺的戰事。即便是一列火車、一處飯店或一間酒吧，在克莉絲蒂寫來皆充滿神祕和猜謎。在人生適合的下午裡，我總是一面嚼著口香糖，一面跟著矮子偵探白羅穿梭謀殺現場，克莉絲蒂的推理作品無疑是推理世界中最充滿「魔術性」的小說。

吳若權（作家、節目主持人）

我從小就對推理小說情有獨鍾，克莉絲蒂一系列的作品尤其令我愛不釋手。多年來，閱讀推理小說的經驗讓我覺悟：讀者在文字情節中推展開來的驚嘆，不只是因緣於故事的本身，而是自我性格的投射。從這個觀點來看克莉絲蒂一系列的作品，她簡直就是洞徹人性的算命師。而讀者，在她的文字中，發現了自己無可奉告的命運。

藍祖蔚（國家電影及視聽文化中心董事長）

做過藥劑師，難免懂得毒藥；嫁給考古學家，難免也就嫻熟文明的神祕；再加上曾經失蹤九天，一切不復記憶的離奇經驗，的確提供了寫作靈感，但若少了想像力，那些片羽靈光縱使辛辣如辣椒，卻不足以成菜。

推理小說重布局、重人物描寫，克莉絲蒂最厲害的卻是犀利的人性觀察，她一手創造的白羅探長，潔癖個性完全和她相反，更將她所憎厭的人格特質集於一身，殊不知，唯有不對著鏡子寫作，才能夠跳出框架與制式反應，開闢無限寬廣的新世界，建構多面向的詭異迷宮。

看完她的小說，你只會更加訝異，到底是什麼樣的心靈才能成就這般視野？

李家同（作家、前暨南大學校長）

克莉絲蒂的整體布局十分細膩，最後案情也都講解得非常詳細，回頭去看，在書中都找得到線索。故事的情節與內容也很好看，不是像一個流氓在街上被殺掉那麼單調。……看小說應該要花腦筋、要思考，從小就要養成思辨的能力，看她的小說，就是對邏輯思考能力極佳的訓練。

袁瓊瓊（作家）

雖然被公認是冷靜理性的謀殺天后，但是在理性之下，克莉絲蒂的底色依舊是感情。克莉絲蒂很明白，所有的慾望之後，都無非是某種愛情。在以性命相搏的犯罪世界裡，凶手以終結他人的性命來遂私欲，不過是為了成全自己的愛，或者是成全自己的恨。

鄧惠文（精神科醫師）

以推理小說作家而言，克莉絲蒂的風格相當獨樹一格。她的偵探在辦案時，靠的不光是科學證據的搜集，而是大量運用犯罪心理學，及對人性的深刻了解。例如在《五隻小豬之歌》中，白羅便是藉由聽取嫌疑犯訴說案情時所不自覺顯露的主觀意識及中心思想，而看出其中破綻，找出真凶。白羅是靠腦袋辦案，以心理層面去剖析案情，即使人們敘述的是同一件事，他可以聽出不同角色因出發點及看待角度不同所透露的情緒觀感，從而抽絲剝繭，還原事實真相。

克莉絲蒂所塑造的人物也生動且各具特色，不同個性所出現的情緒反應描寫，皆細膩而準確，讓讀者產生豐富的想像空間，一展卷便欲罷而不能。

吳曉樂（作家）

克莉絲蒂使用的語言平易近人，主要是以角色與情節的對應來斧鑿出故事的深度，堆疊出讓讀者回味的迂迴空間。而她筆下的角色往往性別、階級、性格、族群各異，塑造出多元又豐富的人物群像。

文學作品不問類型，若要流傳於世，最終仍得上溯至「人性」的理解與反思。而阿嘉莎・克莉絲蒂的作品中，我們可以看到人類屢屢得和自己的人生討價還價，或千方百計讓主觀意識與客觀條件達成某種程度的整合，讀者在重建人物的心理軌跡時，也見識到自身的是非成敗，我認為，這也是克莉絲蒂的作品能夠璀璨經年、暢銷不衰的主因。

許皓宜（心理學作家）

克莉絲蒂筆下的故事看似在談人性的醜惡，實則像一位披著小說家靈魂的心靈引導者，用她的文字訴說著人們得不到「愛」時的痛苦。於是在故事終了的剎那，你不得不對人生多了幾分「看透感」：原來，我們心裡的那些痛苦、報復與自我折磨的慾望，不是因為「憤恨」，而是起於對「愛的失落」。這或許是我們在情感世界中最珍貴且深刻的一種覺察了。

推理小說荒謬驚悚嗎？不，它其實很寫實。它幫我們說出心裡的苦、怨、醜陋的慾望，於是，我們可以重新學習愛了。

一頁華爾滋 Kristin（影評人）

從有記憶以來，閱讀克莉絲蒂最迷人之處往往不在真正的凶手是誰，而是在於「Why」（為什麼）與「How」（如何進行），在於人性與心理描摹的故事肌理。依循其書寫脈絡，會發覺不只是邏輯清晰、布局縝密、著重細節，她總能完美掌握敘事節奏，書中人物彷彿真實存在般鮮明躍然紙上，讀者情緒會隨精準文字保持流轉、跳動、收放，掩卷時並無太多真相水落石出的暢快，反倒淡淡的惆悵化為餘韻襲上心頭，原來還是種種意料之外，卻屬情理之中的人性盲目使然。私以為，那成就了克莉絲蒂的推理故事之所以無比迷人的主因之一。

冬陽（推理評論人）

雖然阿嘉莎．克莉絲蒂的作品並非我的推理閱讀啟蒙，卻是養成閱讀不輟的重要推手。首先，她無庸置疑是個說故事能手，打開我名為好奇的開關；其次是設計犯罪事件的巧妙多元，既日常又異常，凶手更是叫人意想不到。沒錯，我相信每個當讀者的都忍不住想破案，想早偵探一步識破詭計，或者像考試結束鈴響前一秒，瞎猜都要指著某個角色大喊「你就是犯人」！然後會忍不住作弊——不是翻到最後幾頁窺探真凶身分，而是往前翻查讓人起疑的段落、偵探顯然掌握重要線索的時刻，直到忍不住豎白旗投降，看神探（我知道啦，真正把我要得團團轉的聰明人是作者）頭頭是道地分析我遺漏錯置的片片拼圖，終於看清真相全貌。這，就是偵探推理，我因此熟悉遊戲規則、沉醉在每一場迷人故事裡，成為這個類型書寫的俘虜，享受至今不疲的美好滋味。

石芳瑜（作家、永樂座書店店主）

布局細膩、處處留下線索，破案解說詳細，說明了這位安靜、害羞的推理小說女王心思縝密，且充滿想像力。密室殺人，完美犯罪，《東方快車謀殺案》不愧為古典推理小說的經典。再加上神祕的東方色彩，隨著火車抵達的迫切時間感，連非推理小說迷都會神經拉緊，讀完大呼過癮。

家庭主婦缺少人生經驗？處女座的阿嘉莎．克莉絲蒂充分展現她過人的寫作天分，靠得是從小開始的閱讀，以及對偵探小說的著迷。三十歲寫下第一本偵探小說《史岱爾莊謀殺案》的克莉絲蒂，在那個時代並不能說是「早慧」，但寫作生涯五十五年中，共創作了八十部偵探小說，卻令人難以企及。這位害羞靦腆的小說女神，大概是相信只要有足夠的理由，每個人都有殺人的可能！

余小芳（暨南大學推理研究社指導老師、台灣推理作家協會常務理事）

學生時代加入推理社團，社課指定讀物便是經典作品《一個都不留》，成為我對克莉絲蒂的初步印象，自此沉浸於推理小說的世界。隔年寒假陪同學參與轉學考，在斜風細雨的走廊中，滿足讀完《東方快車謀殺案》。隨著歲月遠走，已昇華成趣味回憶。

踏入推理文學領域需要認識的作家，阿嘉莎．克莉絲蒂絕對名列其中，她的作品常有英國小鎮風光、莊園式的謀殺、設備豪華的交通工具等，還有特色鮮明的偵探活躍其中。書中少有血腥、暴力的橋段，布局巧妙且結構嚴密，手法純粹、知性，故事內容與人物性格融為一體，以高超的想像力結合說好故事的能耐，為推理小說開創新局面。克莉絲蒂推理全集重編改版，值得新舊讀者一起探索。

林怡辰（國小教師、教育部閱讀推手）

多年後，還是難忘第一次閱讀阿嘉莎．克莉絲蒂作品的感動和激動。

這套將近一世紀的作品，文筆流暢，邏輯縝密，過程中不斷與作者較量、猜出凶手，直到最後解答不禁佩服，蛛絲馬跡處處展現作者的精妙手法，於是又拿起另一部作品，再次沉溺在謀殺天后所編織的日常世界中的奇幻，無可自拔。犯罪動機和手法穿越時空限制，如今讀來合理且依舊令人感動，閱讀中趣味橫生，難怪成為後來諸多偵探小說的原型。

克莉絲蒂創作生涯中產出的八十部推理作品，至今多部躍上大銀幕，無怪乎被稱之為「經典」，喜愛推理偵探作品的人不可不讀，你會驚異於她在文字中施展的魔法！

張東君（推理評論家、科普作家）

我愛克莉絲蒂！這位在台灣有時會被稱為克奶奶的超級暢銷推理小說家，即使是自認沒讀過她的書的人，也都會在各種書籍或影視作品中看到對她致敬的片段。由於她喜歡旅行和冒險，那些經驗與體驗都成為書中的場景，因此閱讀她的作品時，不只是雀躍地跟著偵探推理，也有了虛擬的旅行體驗。或者當成旅遊導覽書，在出發去尼羅河、去英國鄉間、去搭船搭火車時，就塞一本克奶奶的作品到隨身背包中。

我還是大學新生時，就聽學姐說她哥哥經常看克奶奶的小說，而且邊看邊狂笑。於是我跟著效仿，在某次搭飛機之前買了第一本小說當旅伴，不只看得超開心，看完後還到處找尋書中出現的那種有兜帽的斗篷，當成出門時的必備用品。克奶奶的作品是跨越文字、國界的。只要看過一本，就會不停地追下去。還好，真的是還好只有八十本。何況這次是全新校訂的紀念珍藏版，當然不能錯過！

發光小魚（呂湘瑜）（文史作家、助理教授）

一部好的偵探小說，除了情節設計巧妙之外，還需要洞悉人性，如此方能合理地交代人物的言行舉止與動機。阿嘉莎．克莉絲蒂便是其中翹楚，她的作品不管是偵探、愛情小說或戲劇，必要元素都是謎題與人性。在寧靜無波的場景下暗潮洶湧，永遠都有意料之外，讀者的情緒也會隨著劇情的進行起伏糾結。克莉絲蒂觀察到時代的變化，將犯罪心理融入作品中，於是，看她的小說不只能得到解謎的快樂，同時對人性也能夠有所省思。

此外，克莉絲蒂豐富的人生歷練及旅行經歷，例如一九二二年的環球之旅、居住過也旅行過的巴黎和埃及，甚至是追隨考古學家丈夫前往的中東，都讓她的小說讀來更加充滿異國情調。如果你也愛旅行，不如就讓我們一同搭上那一班南法的藍色列車，或由伊斯坦堡出發的東方快車，跟著白羅鑽進一樁奇案，一嘗旅程中破解謎題的快感吧。

盧郁佳（作家）

國小時，家裡買了一套阿嘉莎．克莉絲蒂全集，從此成了我的毒品，在白癡課本將我的腦袋啃噬成海綿般空洞時，撫慰受創的心靈，那時我仍對人心險惡一無所知。

數學課教你列算式，樂趣遠不如克莉絲蒂教你住宅平面圖、偷換時序的密室魔術，你從庭園長窗進房間，我從房門直通鄰房，他從走廊進房……從而學會故事是建構邏輯。她文風多變，時而《四大天王》中讓神探白羅向助手海斯汀大賣關子，眉頭緊皺，山雨欲來，預示天翻地覆，只能靠他拯救世界；時而用維吉尼亞．吳爾芙《自己的房間》中俏皮的語言，讓貧苦村姑安妮在《褐衣男子》中回憶南非出生入死的冒險，竟源於她耽讀村裡圖書館爛舊的冒險愛情小說，還有戲院每週末放映〈帕米拉歷險記〉，帕米拉每集從飛機跳落高空、搭潛艇、爬上摩天大樓，每次被黑幫老大抓到總不一刀斃命，卻老要用瓦斯毒死她，暗示續集又會逃出生天。

長大才發現，克莉絲蒂小說就是我的〈帕米拉歷險記〉：它以歌劇般輝煌龐大的天真陰謀、精細的人際觀察（一句話重音放在哪個字、從膝蓋鑑定女人的年齡等），召喚年輕讀者抱持浪漫精神投入未知的壯遊，瘋魔、衝撞、冒犯，傷痕累累毫無懼色。正如瓦斯在冒險片中太多、現實中卻太少；陰謀在現實中沒有克莉絲蒂寫得那麼複雜，但她刻畫的心理卻是現實中解謎的試金石。

賴以威（臺灣師範大學電機系副教授）

或許可以為經典下幾個定義：該領域的愛好者更都讀過；不是這個領域的愛好者，許多人也都聽過；影響後續的作品，在很多著作中都可以看到它的影子；值得反覆再三閱讀，每隔一陣子再讀都可以獲得閱讀的樂趣，有更多的體悟。我永遠記得第一次讀《東方快車謀殺案》時，被那宛如嚴謹設計數學謎題的鋪陳、推進給深深吸引、震撼。從這幾個角度來說，克莉絲蒂的推理小說被稱之為「經典」，可說是當之無愧。

謝哲青（作家、旅行家、知名節目主持人）

克莉絲蒂小說的魅力在於透過每個角色的對白，藉由不斷的說話來表現人物的個性，以彰顯其人格特質中一些無法被忽略的事實。我們從他們的言語、講話的過程和字裡行間，竟然就能知道誰是凶手。

我從克莉絲蒂的小說學到很多，除了推理小說有趣的事實之外，最重要的是，我在工作的職場跟人應對的時候，如何從語言和對話裡去捕捉某些隱而不顯的事實。許多人們欲蓋彌彰的東西，無論心事也好、祕密也好，克莉絲蒂都會用文學的手法，讓你理解語言的奧妙和魅力。

克莉絲蒂的書寫會讓你覺得彷彿自己也在現場，你可以從聽到的對話當中，學會如何理解人心的一些小技巧，這是小說家最出色、最偉大的地方。我們必須學習傾聽別人說話——這些人講話是真誠的嗎？他想要跟你分享什麼資訊？這些資訊可靠嗎？——這是我在閱讀推理小說時，最大的收穫和理解。

阿嘉莎・克莉絲蒂大事記

1890		• 九月十五日出生於英格蘭德文郡托基鎮。
1894	4 歲	• 開始在家自學，父母親、姐姐教導閱讀、寫作、算術和彈鋼琴。
1895	5 歲	• 家中經濟走下坡，舉家搬至法國，學會流利的法語。
1905	15 歲	• 在巴黎寄宿學校學鋼琴和聲樂，但生性極度害羞，未成為職業鋼琴家，最終回到英國。
1907	17 歲	• 陪同母親前往埃及調養身體，對社交活動充滿興趣，但尚未對日後感興趣的埃及古物點燃熱情。 • 回英國後繼續寫作、參與業餘戲劇表演。
1908	18 歲	• 寫出第一篇短篇小說〈麗人之屋〉，同時也寫出第一部愛情小說《白雪黃漠》，以筆名向出版社投稿，但屢遭退稿。
1912	22 歲	• 與英國皇家軍官亞契・克莉絲蒂（Archibald Christie）熱戀。 • 八月爆發第一次世界大戰，亞契奉派到法國作戰。
1914	24 歲	• 耶誕夜結婚，亞契隨即返回戰場。克莉絲蒂參與紅十字會工作，在醫院擔任護士和藥劑師，因此對藥理和毒物非常熟悉，造就後來多部推理小說情節都以毒藥殺人。
1916	26 歲	• 開始嘗試寫推理小說，寫出第一部小說《史岱爾莊謀殺案》，主角偵探赫丘勒・白羅的靈感，來自於大戰期間英國鄉間的比利時難民營。本書歷經數家出版社退稿後，終獲柏德雷・海德（The Bodley Head）圖書公司的出版機會，之後並簽下另五本小說的合約。
1919	29 歲	• 前一年亞契返回英國，八月生下女兒露莎琳。

1920　30歲　• 出版《史岱爾莊謀殺案》。

1922　32歲　• 出版第二部小說《隱身魔鬼》，主角是夫妻檔偵探湯米和陶品絲。
• 與亞契至南非、澳洲、紐西蘭、夏威夷和加拿大等國旅行十個月，在南非得到《褐衣男子》的靈感。

1923　33歲　• 三月出版第三部小說《高爾夫球場命案》，白羅再度登場。

1926　36歲　• 四月母親過世，克莉絲蒂陷入憂鬱。
• 六月在「威廉・柯林斯父子出版社」出版《羅傑艾克洛命案》。
• 八月亞契因外遇提出離婚，十二月初一次爭吵後，克莉絲蒂離家棄車失蹤，消息登上全國新聞。

1927　37歲　• 一月在悲痛心情中寫出《藍色列車之謎》，第一次創造出聖瑪莉米德村，即後來瑪波小姐居住的村子。
• 分居期間在雜誌刊登以白羅為主角的短篇小說，後來集結出版《四大天王》。
• 十二月在雜誌刊登短篇小說〈週二夜間俱樂部〉，瑪波小姐初登場，後來收錄在一九三二年出版的短篇小說集《十三個難題》。

1928　38歲　• 十月正式離婚，仍保留「克莉絲蒂」姓氏。
• 秋天搭乘「東方快車」前往土耳其的伊斯坦堡，再轉往伊拉克首都巴格達，參觀考古現場烏爾，認識考古學家伍利夫婦（Leonard and Katharine Woolley）。

1930　40歲　• 二月應伍利夫婦之邀再訪烏爾，認識考古學家麥克斯・馬龍（Max Mallowan），九月於英國愛丁堡結婚。這段婚姻開啟克莉絲蒂旺盛的創作生涯，兩人到中東考古現場的旅行為許多作品帶來靈感。

- 婚後克莉絲蒂開始維持固定的寫作行程。十月出版《牧師公館謀殺案》，是第一部以瑪波小姐為主角的小說。
- 出版第一部以「瑪麗．魏斯麥珂特」（Mary Westmacott）為筆名的《撒旦的情歌》，並陸續發表了五部非犯罪小說。

1932　42歲
- 出版《危機四伏》。

1934　44歲
- 出版《東方快車謀殺案》，是白羅海外辦案三部曲之一，故事靈感來自中東的旅行經歷。一九七四年第一次改編成電影大獲好評。

1936　46歲
- 出版《美索不達米亞驚魂》，白羅海外辦案三部曲之二。

1937　47歲
- 出版《尼羅河謀殺案》，白羅海外辦案三部曲之三，故事背景是年輕時與母親同遊的埃及。一九七八年第一次改編成電影大受歡迎。

1939　49歲
- 二次大戰期間，克莉絲蒂在大學學院醫院擔任義務藥師，學習到最新的毒藥知識，對於推理小說寫作大有助益。
- 出版《一個都不留》，是克莉絲蒂最著名作品之一。

1941　51歲
- 出版《密碼》，呈現出克莉絲蒂對戰爭的看法。
- 出版《豔陽下的謀殺案》。

1942　52歲
- 出版《藏書室的陌生人》、《五隻小豬之歌》等名作。

1944　54歲
- 以「瑪麗．魏斯麥珂特」為筆名出版第三部作品《幸福假面》，被美國書評人發現是克莉絲蒂的作品，讓她從此失去匿名創作的自在樂趣。

1950	60歲	• 獲選為皇家文學學會的會員。
1953	63歲	• 出版《葬禮變奏曲》。
1956	66歲	• 一月獲頒大英帝國爵級大十字勳章（GBE）。 • 十一月以「瑪麗．魏斯麥珂特」為筆名出版《愛的重量》，是這個筆名的最後一部作品。
1958	68歲	• 成為「偵探作家俱樂部」主席。
1960	70歲	• 馬龍獲頒大英帝國爵級大十字勳章。
1961	71歲	• 獲得艾克塞特大學頒發榮譽文學博士學位。
1968	78歲	• 馬龍獲封為爵士，克莉絲蒂亦被稱為馬龍爵士夫人。
1971	81歲	• 獲頒大英帝國爵級司令勳章（DBE），獲封為女爵士。
1973	83歲	• 出版最後一部創作《死亡暗道》，亦為湯米和陶品絲最後一次辦案。
1974	84歲	• 最後一次公開露面，出席電影《東方快車謀殺案》首映會。
1975	85歲	• 八月六日，白羅成為有史以來第一次在《紐約時報》頭版刊出訃聞的小說主角，宣傳九月即將出版的《謝幕》，這也是白羅最後一次辦案。
1976	86歲	• 一月十二日去世。 • 十月出版《死亡不長眠》，瑪波小姐的最後一次辦案。

克莉絲蒂推理原著出版年表

1920 史岱爾莊謀殺案 The Mysterious Affair at Styles（神探白羅系列）
1922 隱身魔鬼 The Secret Adversary（神探湯米＆陶品絲系列）
1923 高爾夫球場命案 The Murder on the Links（神探白羅系列）
1924 白羅出擊 Poirot Investigates（神探白羅系列）
1924 褐衣男子 The Man in the Brown Suit（神探雷斯上校系列）
1925 煙囪的祕密 The Secret of Chimneys（神探巴鬥主任系列）
1926 羅傑艾克洛命案 The Murder of Roger Ackroyd（神探白羅系列）
1927 四大天王 The Big Four（神探白羅系列）
1928 藍色列車之謎 The Mystery of the Blue Train（神探白羅系列）
1929 七鐘面 The Seven Dials Mystery（神探巴鬥主任系列）
1929 鴛鴦神探 Partners in Crime（神探湯米＆陶品絲系列）
1930 牧師公館謀殺案 The Murder at the Vicarage（神探瑪波系列）
1930 謎樣的鬼豔先生 The Mysterious Mr. Quin（神探鬼豔先生系列）
1931 西塔佛祕案 The Sittaford Mystery
1932 十三個難題 The Thirteen Problems（神探瑪波系列）
1932 危機四伏 Peril at End House（神探白羅系列）
1933 十三人的晚宴 Lord Edgware Dies（神探白羅系列）
1933 死亡之犬 The Hound of Death
1934 三幕悲劇 Three Act Tragedy（神探白羅系列）
1934 李斯特岱奇案 The Listerdale Mystery
1934 帕克潘調查簿 Parker Pyne Investigates（神探帕克潘系列）
1934 東方快車謀殺案 Murder on the Orient Express（神探白羅系列）
1934 為什麼不找伊文斯？ Why Didn't They Ask Evans?
1935 謀殺在雲端 Death in the Clouds（神探白羅系列）
1936 ABC 謀殺案 The A.B.C. Murders（神探白羅系列）
1936 底牌 Cards on the Table（神探白羅系列）
1936 美索不達米亞驚魂 Murder in Mesopotamia（神探白羅系列）

1937　巴石立花園街謀殺案 Murder in the Mews（神探白羅系列）
1937　尼羅河謀殺案 Death on the Nile（神探白羅系列）
1937　死無對證 Dumb Witness（神探白羅系列）
1938　白羅的聖誕假期 Hercule Poirot's Christmas（神探白羅系列）
1938　死亡約會 Appointment with Death（神探白羅系列）
1939　一個都不留 And Then There Were None
1939　殺人不難 Murder Is Easy（神探巴鬥主任系列）
1940　一，二，縫好鞋釦 One, Two, Buckle My Shoe（神探白羅系列）
1940　絲柏的哀歌 Sad Cypress（神探白羅系列）
1941　密碼 N Or M?（神探湯米＆陶品絲系列）
1941　豔陽下的謀殺案 Evil Under the Sun（神探白羅系列）
1942　五隻小豬之歌 Five Little Pigs（神探白羅系列）
1942　藏書室的陌生人 The Body in the Library（神探瑪波系列）
1942　幕後黑手 The Moving Finger（神探瑪波系列）
1944　本末倒置 Towards Zero（神探巴鬥主任系列）
1944　死亡終有時 Death Comes as the End
1945　魂縈舊恨 Sparkling Cyanide（神探雷斯上校系列）
1946　池邊的幻影 The Hollow（神探白羅系列）
1947　赫丘勒的十二道任務 The Labours of Hercules（神探白羅系列）
1948　順水推舟 Taken at the Flood（神探白羅系列）
1949　畸屋 Crooked House
1950　謀殺啟事 A Murder Is Announced（神探瑪波系列）
1951　巴格達風雲 They Came to Baghdad
1952　殺手魔術 They Do It with Mirrors（神探瑪波系列）
1952　麥金堤太太之死 Mrs. McGinty's Dead（神探白羅系列）
1953　黑麥滿口袋 A Pocket Full of Rye（神探瑪波系列）
1953　葬禮變奏曲 After the Funeral（神探白羅系列）

1954　未知的旅途 Destination Unknown
1955　國際學舍謀殺案 Hickory, Dickory, Dock（神探白羅系列）
1956　弄假成真 Dead Man's Folly（神探白羅系列）
1957　殺人一瞬間 4:50 from Paddington（神探瑪波系列）
1958　無辜者的試煉 Ordeal by Innocence
1959　鴿群裡的貓 Cat Among the Pigeons（神探白羅系列）
1960　哪個聖誕布丁？ The Adventure of the Christmas Pudding（神探白羅系列）
1961　白馬酒館 The Pale Horse
1962　破鏡謀殺案 The Mirror Crack'd from Side to Side（神探瑪波系列）
1963　怪鐘 The Clocks（神探白羅系列）
1964　加勒比海疑雲 A Caribbean Mystery（神探瑪波系列）
1965　柏翠門旅館 At Bertram's Hotel（神探瑪波系列）
1966　第三個單身女郎 Third Girl（神探白羅系列）
1967　無盡的夜 Endless Night
1968　顫刺的預兆 By the Pricking of My Thumbs（神探湯米＆陶品絲系列）
1969　萬聖節派對 Hallowe'en Party（神探白羅系列）
1970　法蘭克福機場怪客 Passenger to Frankfurt
1971　復仇女神 Nemesis（神探瑪波系列）
1972　問大象去吧 Elephants Can Remember（神探白羅系列）
1973　死亡暗道 Postern of Fate（神探湯米＆陶品絲系列）
1974　白羅的初期探案 Poirot's Early Cases（神探白羅系列）
1975　謝幕 Curtain: Hercule Poirot's Last Case（神探白羅系列）
1976　死亡不長眠 Sleeping Murder（神探瑪波系列）
1979　瑪波小姐的完結篇 Miss Marple's Final Cases（神探瑪波系列）
1991　情牽波倫沙 Problem at Pollensa Bay
1997　殘光夜影 While the Light Lasts

國家圖書館出版品預行編目（CIP）資料

崎屋 / 阿嘉莎．克莉絲蒂（Agatha Christie）
著 ; 張國禎譯. -- 二版.-- 臺北市 : 遠流出版事業
股份有限公司, 2024.10
面； 公分. -- (克莉絲蒂繁體中文版20週年
紀念珍藏 ; 71)
譯自 : Crooked House
ISBN 978-626-361-895-4(平裝)

873.57 113012896

克莉絲蒂繁體中文版 20 週年紀念珍藏 71
畸屋

作者 / 阿嘉莎．克莉絲蒂
譯者 / 張國禎

主編 / 陳懿文、余式恕　校對 / 呂佳真
封面、內頁設計 / 謝佳穎　排版 / 連紫吟、曹任華
行銷企劃 / 舒意雯　出版一部總編輯暨總監 / 王明雪

發行人 / 王榮文
出版發行 / 遠流出版事業股份有限公司
地址 / 104005臺北市中山北路一段11號13樓
電話 / (02)2571-0297　傳眞 / (02)2571-0197　郵撥 / 0189456-1
著作權顧問 / 蕭雄淋律師

2004年1月1日 初版一刷
2024年10月1日 二版一刷
定價 / 新臺幣380元 (缺頁或破損的書，請寄回更換)

ISBN 978-626-361-895-4

遠流博識網 http://www.ylib.com E-mail: ylib@ylib.com
遠流粉絲團 https://www.facebook.com/ylibfans

www.agathachristie.com